# くちびるに蝶の骨
～バタフライ・ルージュ～

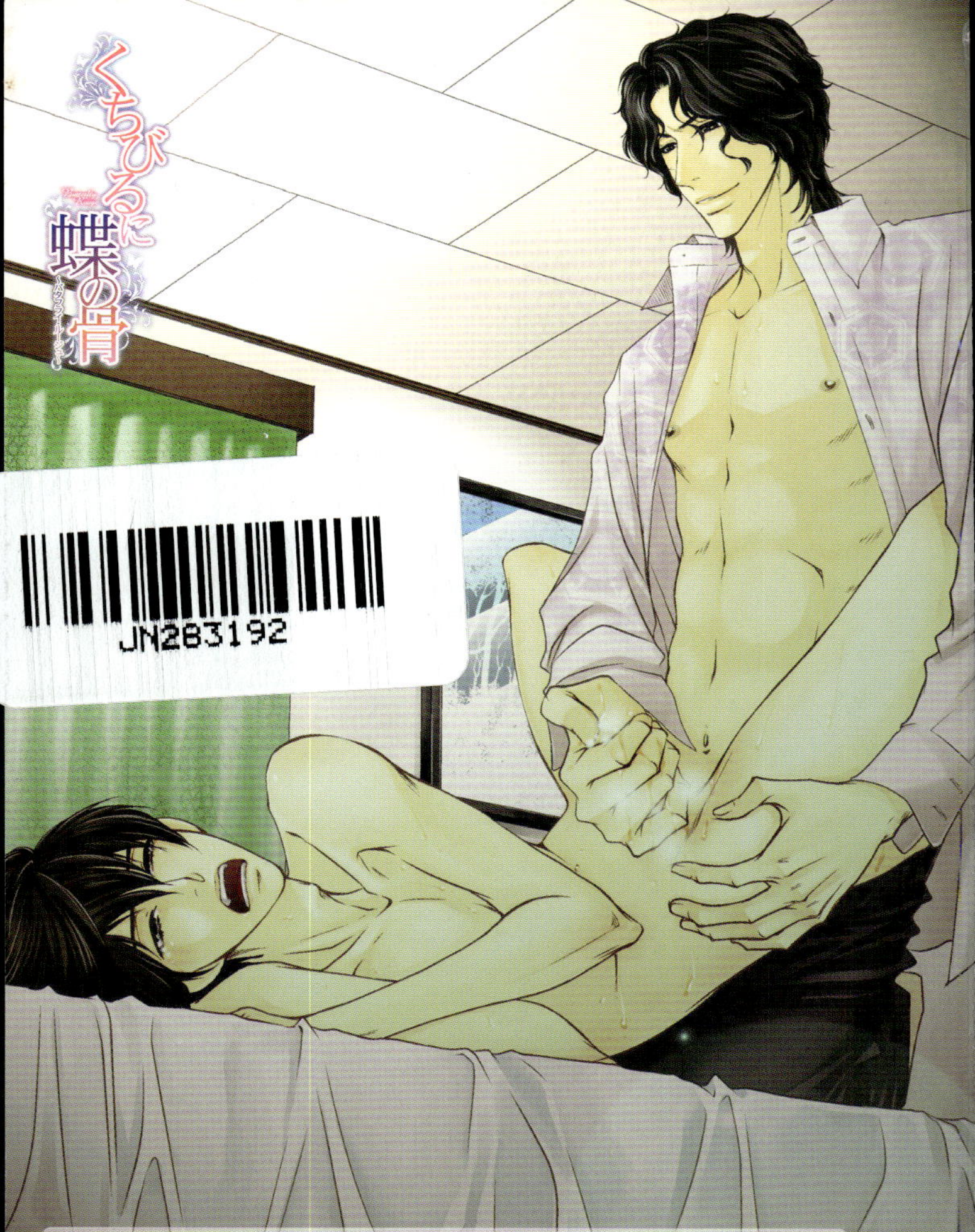



「こ、こすって……っ、あ、うああ、や！」ねだらせておいて、将嗣はこするどころか、握りつぶすような勢いで手のなかにそれを捕らえた。

DARIA BUNKO

# くちびるに蝶の骨 ～バタフライ・ルージュ～

崎谷はるひ

illustration ※ 冬乃郁也

イラストレーション❋冬乃郁也

CONTENTS

この作品はフィクションです。

実在の人物・団体・事件などに一切関係ありません。

# くちびるに蝶の骨 ～バタフライ・ルージュ～

ぜひゅう、と喉から音がした。

身体の奥が爛《ただ》れたように熱い。もうどれだけの間いたぶられているのか、わからなくなるほどに性感は高まっている。

背中から抱きしめられた状態で、延々と続く愛撫《あいぶ》はもはや拷問《ごうもん》に近かった。せめてもの満足を得ようとするのか、指を埋めこまれた身体の奥の粘膜は、ひっきりなしに蠢《うごめ》いてはいいところを指先にこすりつけようとする。

「や……あっ、あっ」

立ったまま、大きなデスクに手をつかされ、性器を、尻を音を立てていじられる。そんなシチュエーションであるのに、勃起もするしあえぎもする。そんなだらしない身体を背後にいる男は揶揄《やゆ》した。

「こんなスケベな身体で、なにが『いや』なんだよ」

あまい低い声。冷たいようでいて穏やかなそれが、千晶《ちあき》の脳をかき乱す。

こちらは全裸に引き剝かれ、汗を、体液を垂らして乱れきっているというのに、笑んだ男の表情は、いっそ涼しげなまでに余裕だ。

「おっぱいいじっただけで、びんびんだったくせに。ここにきたのも、しばらく抱いてやってなかったからだろう？」

低くどろりとした響きのささやきは、どこまでもいやらしい。そして、肌に触れる上質なシャツの感触が、一方的に淫らさを暴かれる屈辱をさらにひどくする。

「ちが……違うっ。俺は、話があっ……ああ、あ」

「違わねえよ。コレが好きだろう、千晶」

「ほんとに違うっ」

振り返ったところで、表情をたしかめることはできない。逃げようと抗《あらが》った際、視界をふさぐように目隠しをされてしまったからだ。

最初は手も縛《しば》られたけれど、おとなしくするなら目隠しとどちらかだけは取ってやると言われ、そちらだけはほどいてもらった。明日は出勤日で、スーツの袖から見える緊縛の痕など残しておくわけにはいかなかった。

だがその代わりに、膨《ふく》れあがった性器が細いヒモのようななにかで縛られた。そのまま長いこと、なぶられ続けている。

「ど……して、こん、なっ、あ、ひ、ひどい」

「別れるとか、ばかな話するからだ」

あえぐように問えば、くだらない話をしたお仕置きだと、彼はにべもない。

人払いしたオーナールーム、終わりにしたいと告げる唇はキスでふさがれ、話を聞けと振りあげた手はあっさり封じられた。逃げられないようにと、手近にあった布で目隠しをされ、身体をいじられれば、長年かけて仕込まれた身体はどこまでも快楽に弱かった。

もう何度目かわからない別れ話を切り出そうとして、「話があるなら店にこい」と告げられた。相手のテリトリーでそんな話をするのがどれだけ危険なことか、わかっていて出向いた千晶がばかなのだろう。

（そうだな。俺は、ばかだ）

心はともかく、身体は彼に従順だ。彼の言ったとおり、終わりを告げにきたはずなのに、どうしてこんなことになっているのか。そんなことすら、快楽の狭間に薄れてわからなくなる。もうろうとしながら、手慣れた愛撫にあえぐ千晶の聴覚は、自分の鼓動と淫らな声になかばふさがれていた。けれど——過敏になった神経は、誰かの気配を感じた。

（え……？）

続いてそれを証明するかのように、がたん、と大きな物音がした。びくりと震え、濁っていた意識が突然クリアになる。

「な、なに？　なんか、音、した？」

「ああ、悪い。俺が椅子《いす》蹴《け》っただけだ。心配するな、千晶」

わざとらしいほどやさしく言って、彼はわざわざ千晶の身体をひっくり返す。怪訝《けげん》に思う間もなくデスクに腰かけ、膝《ひざ》のうえに千晶を抱えあげ、誰かに見せつけるように脚を開かせた。

その姿は、幼児が親に用足しをさせられるのとまるでそっくりだ。

「な……っなに？」

「なんでもねえよ、体位変えただけだ」

目隠しのせいで、前後の感覚も、部屋のどの位置にいるのかも、正確には判断がついていない。けれど直感で、いまの自分が部屋のドアに――外に向かって大股を開かされ、秘密の場所もなにもかも暴かれていることだけはわかった。

そうでなければわざわざ、こんな体位を取る必要はない。

「いやだ……いやだよ、誰かいたら……」

ほとんど確信的に、見られていることを知りながら、弱い声音でそう告げるのが精一杯だった。湿った股間がひんやりとする。羞恥《しゅうち》に全身を赤く染めた千晶は怯《おび》えた声しか出なくなり、身がすくんで抵抗もできなくなった。

「いねえよ、ほら。好きだろうが、こうしていじられんの」

「あっ、いやっ」

声があまさを増したことで、誰もいないというのが嘘だと、千晶に確証づけた。

（やっぱり、誰かいる？）

彼は、誰かにこの痴態《ちたい》を見せつけようとしている。千晶が気づいていることも理解している。

それをあえてやらせることで、心を折ろうとしている。

　誰なのかはわからない。店の若い子をからかっているのかもしれない。

　彼に近づくしつこいオンナ——性別ではなく、王将《おうしょう》にとって自分以外の人間はオスとオンナしかいない——に、この場面を見せてあきらめさせようとしているのかもしれない。あるいは、こうして情事を見せつけることで、そのオンナとの刺激的なセックスを愉しむのだろうか。

　予測は千晶の妄想ではなく、どれもこれも、過去にじっさいにあったことだ。

　ぞっとした。異常な状況にではなく、そんなときにも感じてよがる自分自身に、だ。

「いや、いやぁあ、もう、もう……っ」

　暴れて抵抗すると、彼は、指で千晶の奥をかきまわし、耳を嚙んでは乳首をひねりあげる。縛《いまし》められた性器が膨れあがり、ひどい痛みと苦しさにのたうちまわるしかない。

「イイ子だな千晶。おねだりしたら許してやるから」

　目隠しの裏側で涙を流して哀願すると、くっくっと笑った彼は早く言えよと告げ、いい子だ、言え、とあまい声でささやいた。

「言わなきゃずっと、このままだ。痛えだろ？　これじゃあ」

　ぴんと指先で性器を弾いて告げられた言葉のとおり、根元を縛った紐のおかげで、すでに千晶は限界を越えていた。荒れ狂う快楽は行き場を失い、千晶から理性も思考回路も奪いとっていく。

みじめであさましいことはしたくない。けれどそれ以上に、終わりが欲しい。

「……射精したいだろ？」

気持ちよく出しながら、奥までしっかりはめられたいだろう。キスしたまま乳首をいじられて、うしろをえぐられて犯されたいだろう？

「ぜんぶ、してやるぜ？　千晶。いれて、って言ったらな」

「あっ……あっ……」

耳をそっと噛むようにして、肌を撫でる男は、こんなときだけやさしげな、なだめるような声を出す。思わせぶりに過敏な粘膜の際を指で撫《な》で、縁を揉《も》んで軽くつねる。足りないものを知っていると教えられ、不随意筋がびくびくと、男の爪のさきを舐めるように痙攣した。

だめだ、いけない。ふざけるな、殺してやる。千晶の心は負の感情で満たされ切っているのに、身体はもう限界で――壊れきった千晶は、あまいだけの言葉にすがった。

「……て、ああ、いれ、て」

「もっとはっきり言え」

耳を囓られ、疼痛は股間と爪先と心臓にまっすぐ突き刺さった。

「ああ、ああ、いれてぇ、いれて、王将の……入れて！」

叫ぶと、さらに脚を開かされ、ぐずぐずになった身体の奥にそれを押し当てられた。歓喜と期待に頭皮まで鳥肌が立ったけれど、なぜだか背後の彼が、にやりと笑ったのがわかった。

「俺の、なんだ？　ほら、スケベなケツ振って、ちゃんと言え」

誰かの視線が、千晶の淫らな場所に突き刺さっていた。これはかわいいだろうと、自慢するような気配が背後から感じられる。

(ひどい)

じわり、と目隠しの布がまた湿りを帯びた。けれどもう、身体も心も限界だった。

見られている。誰かに見られている。それがどれほどの苦痛かわかっていながら、彼は千晶の心を叩き潰すために、さらに辱めるのだ。

「なあ、千晶？　言わないのか？」

どうする、と問うように、張りつめた性器の先端が粘膜を軽くかすめてなぶっている。くぷと音を立てて、挿入の真似事をされるのがたまらずに、ごくん、と渇いた喉を嚥下《えんか》した。

だめだ。欲しい。どんな辱めでもいい、いまこの瞬間、男が欲しい。乾ききった身体になにかもらえるものはひとつ、快楽しかないならそれだけでいい。

「おっ、王将の、すごいのを、俺の、スケベな穴に、はめて、くだ……っあぁあ！」

卑猥《ひわい》にすぎる声で哀願したとたん、すさまじい質量のものが濡れた虚《うろ》を埋めつくした。頭がじいんと痺《しび》れ、きつくつぶった目の奥でちかちかと星が飛ぶ。

縛られたままの性器が、唐突に萎えた。けれど体内を走る強烈なパルスは弱まることはなく、びくりびくりと細い身体が痙攣する。

千晶の身体は慣れた女の膣のように、挿入されて絶頂を味わう。それがたまらなく惨めなのに、衝撃だけで達したことが不満に思えるくらい、あとを引く快楽だった。

「……っはめたぜ、それで?」

複雑に淀んだ心を見透かすように、軽く息を混ぜた声で男が嗤《わら》い、そそのかす。あくまで言わなければなにもしないと告げる声に、千晶はすべてをあきらめて、叫んだ。

「あ、あ、ずぶずぶ、して……っ」

ねだる言葉に喉奥で笑った彼は腰を複雑に動かした。先端だけを含ませたまま前後したかと思うと、深く突き刺し、小刻みに振動させて千晶に悲鳴をあげさせる。

張り出した先端で、指ではもう何度も絶頂へと追いこまれたスポットをえぐり、かと思えば右へ左へとまわして粘膜をぐるぐるかき混ぜる。

どこか意識の遠いところで、ぱたん、という音が聞こえた気がした。けれどもう、千晶にはどうでもいいことだった。

「もう、くだらねえこと言うなよ。次にだだ捏ねたら、こんなもんじゃねえぞ」

ドアの閉まる音と同じく、将嗣の脅すような声もろくに聞こえてはいない。耳を噛むあまい痛みだけが、疼痛となって神経を騒がせるだけだ。

(いい、いい、ああ、いい……)

射精すら許されないのに、このセックスは、たまらなくいい。心はずたずたになっても、星がまたたくような絶頂感が繰り返し襲ってくる間には、哀しさもむなしさも忘れられる。

不安定な体勢は、両脚を抱えこんだ彼の腕にのみ支えられている。

身体を開き、ひらひら、ゆらゆらと揺れる千晶の姿は、ピンで刺された蝶《ちょう》のように頼りなく、脆《もろ》かった。

＊　＊　＊

Ａ４サイズのプリント用紙にそっけなく記された『辞令』の文字を、柳島《やなぎしま》千晶はまじまじと見つめた。

各種の連絡事項についてはメールかメッセンジャーで通達されることが常なのに、この手のものだけは文書化するのがやはり通例であるらしい。

「形式的なモノでしかないけど。一応、移転に伴って部署編成も変更になるから、理解してもらえるかな」

千晶は、気の弱そうな課長の声に「わかってます」とうなずいた。すでに決まりきった異動の話をわざわざ伝えるための紙と、形式的な申し送りの時間。いずれも無駄だと思いつつ、書類の下部にある文字列を目で追った。

（本社屋移転先……山梨《やまなし》県か）

たったいま、それを手渡したばかりの課長は、顔に浮かんだ冷や汗なのかなんなのかわからないものを、手にしたタオル生地のハンカチでひたすら拭《ぬぐ》っている。

さほど広くもないが狭くもないオフィスのなか、各人のデスクのうえにはノートマシンが設置されている。だが、デスクの周囲には段ボール類が置かれ、それぞれの私物や書類、配線器具などがめいめい詰まっていた。

「ぎりぎりまで引っ越し作業が終わらないかもしれないなあ。柳島くんは、片づけは？」

「ぼちぼちやってます」

千晶の勤める『株式会社オフィリア』は、総合通信販売の会社だ。さほど大手ではないながら、かつてはカタログ通販、近年はネット通販を業務のメインとしている。通販好きな女性なら、一度は耳にしたことがあるかもしれない。

千晶はその会社のシステム担当で、いわば専任のシステムエンジニアだ。しかしながら実体は、パソコンならびにインターネット関係についての雑用係のようなものだと自覚している。

十年前の入社時、インターネットの普及でＩＴ産業は真っ盛りだった。この会社もＷＥＢ通販にいち早く手をつけたおかげで、平成不況をよそに業績は好調だった。

だが、一億総ブロードバンドと呼ばれる時代となり、状況は一変した。

かつては委託が多かった通販もいまでは各小売りや個人が、それぞれＷＥＢサイトを開き、直販するのがあたりまえの状態へと変化した。競合他社には海外の大手がどんどん飛びこんできて、市場は激戦。

　あげく近年訪れた百年に一度と言われる不況のあおりをまんまとくらい、規模縮小と経費削減を余儀なくされ、倉庫代やオフィスの家賃が安い地方へと引っ越す羽目になっていた。

「この会社もほんとに引っ越し多くて、まいるね。不況でね、このビルの家賃も厳しくなったみたいでね」

　ぼやくような課長の言葉のとおり、現在のオフィスは埼玉《さいたま》県の蕨《わらび》市にあるが、数年前、東京の北区から移転した。さらに遡《さかのぼ》り、設立当時は三田に会社があったらしいけれど、その時期のことを千晶は知らない。わかっているのは、会社の業績が悪くなるたび、オフィスがじわじわと田舎へ引っこんでいくということだけだ。

　気の弱い上司は、ちらちらと無言の部下の顔色をうかがいながら問いかけてくる。

「移転したら、それに伴う人事異動できみが係長になるし、悪い条件じゃないと思うんだけど」

　おずおずと彼がつけくわえるのは、管理職につけば微々たる手当の代わりに残業代は出なくなり、結果として手取りの給料が下がることがわかっていたからだ。

「う、請けてくれるよね……？」

　今回の移転に伴い、かなりの人数の社員が辞職や転職を願い出た。一応、引っ越したさきには社員寮などもあるし、どうしてもいまの住居から通いたいものには、特例で定期代も出る。

しかし、山梨県でも東京とは反対側の県境、長野に近い場所とあっては、東京暮らしからどんどん離れていくのに耐えられない、という人間もやはりいたからだ。

でも、いまの俺には好都合だ。千晶は、片頬でそっと笑った。

「まえにもお話ししましたけど、断るつもりはないですよ」

「そ、そうか。まあ、幸いほら、柳島くん独身だし。とくにしがらみもないよね」

念を押す上司にうなずいてみせると、肥満ぎみの顔に安堵の笑みが浮かぶ。典型的な中間管理職である彼は、今回の移転でかなりの人間に突きあげをくらい、早く結論を出せという上層部との板挟みに、胃を痛めているという話を耳にした。

「大丈夫です。問題はありません。ただ、寮に入る際の引っ越し代とかはどうなります？」

「一応は補助金が出るから。心配しないで。あ、でも、いま住んでるところに較べると、かなり不便になってしまうけど……学生時代のお友達のマンション、シェアしてるんだったね？」

千晶が新宿の一等地に住んでいることは、当然上司も知っている。現在の会社の給料ではとうてい払えるはずのない家賃については、彼が口にしたとおりの言い訳を通していた。

じっさいには、もっと複雑で歪《ゆが》んだものが潜《ひそ》んでいる私生活のことなど、誰も知らなくていい話だ。千晶はきっぱりと言ってのけた。

「私はほとんど寝に帰ってるだけですから、ふつうの生活環境があればかまいません」

「う、うん。寮の近辺には商店街もあるし、そこまでド田舎ってわけじゃないしね」

その返事にほっとした上司がまた汗を拭き、千晶はうなずいてみせる。

もういよいよ、潮時だ——そんな言葉が頭をよぎった。同時に、華やかで苛烈な新宿の街に根を下ろした男のことを考えた。

千晶の十二年を縛り続けてきた彼は、この辞令のことなど露《つゆ》ほども知らない。

「ご心配なく。問題はなにも、ありませんから。会社にはご迷惑をおかけしません」

細面《ほそおもて》で色白の顔に暗い影がさす。けれど、目のまえの上司はそれに気づいた様子はなく、ほっとしたように口早に言った。

「ありがとう、柳島くん。頼りにしてるよ。なに、きっと、山梨も悪いところじゃないよ」

やっと気弱な笑みを見せた上司に、千晶は無言でまたうなずいてみせた。

(どこだって、きっとかまわない)

いまの生活から逃げられるならそれでいい。どろどろした感情をもう、長いこと千晶は腹に抱えていて、そんな自分に疲れきっている。

「そうですね、新しい生活にも、希望はあります」

穏やかに答えながらきつく握った拳の力は、爪が食いこむほど強かった。

＊　＊　＊

蕨駅から新宿駅までは、電車で約四十分。通勤快速にうまく乗れれば二十五分だ。

東京に暮らす人間の通勤時間としては、かなりマシなものだろう。行きは下り、帰りは上りの路線となるため、混雑具合も比較的楽だ。とはいえ千晶の仕事柄、帰宅時間は早朝だったり昼間だったりと、ラッシュにあまり関係はない。

ただ、精神的な疲労は計り知れないものがある。

「疲れた」

この日も朝から帰宅する羽目になった千晶は、うつろな目で朝日を浴びる新宿歌舞伎町を眺めた。生ゴミをあさるカラスに顔をしかめながら、およそ人間が住むには適していると思えない、都会の道を歩く。

午前中の歌舞伎町《かぶきちょう》は、まるで死んだような街だ。夜のネオンのなかではあれほど華やいでいる店の並びも、しらけた朝日を浴びると、薄汚れた面ばかりが目につく。

夏が終わったおかげで、午前中のこの時間はさほど気温も高くない。腐臭や刺激臭に鼻を直撃されなくなっただけマシだが、ぼんやりと歩き続けるうちに、陽射しを浴びた背中と腋下がじわりと汗ばんだ。暑いという感覚はないのだが、通勤電車のなかは、まだ残暑対策の冷房が過剰に効いていたから、そのせいもあるのだろう。

都会にいると季節感もなにもかもさっぱりわけがわからなくなる。千晶が季節を感じるのは、デパートやショップのディスプレイが変わったときくらいだ。亜熱帯に近づく日本の四季は壊れはじめている。そして千晶の体感するすべては、もうとうに壊れて久しい。

靴底に感じるのは、汚れたアスファルトやコンクリートの感触。大学進学を機に中部地方から上京した千晶は、はじめのころ、このこつこつという感覚が不思議だった。

むろん、地元でも道路は舗装されていたけれど、市街地からほんの十分車を走らせるだけですぐ郡部に入るような地方都市だ。通った高校は僻地に存在したため、通学路に土と草の生えた場所はいくらでもあったし、緑も多く、雨の日には泥はねが悩みの種だった。

十八で上京した千晶も、三十二になった。ゴム裏のついたスニーカーで泥道を歩いてから、もう十四年が経つ。

地元にも同じ年数戻っていない。いまでは土を踏む感触など忘れかけている。

(ほかに、俺は、なにを忘れたかな)

虫の声や木々のざわめきの代わりに、ネオンに囲まれてアスファルトを歩く。都会の街では道を歩いていても電子機器の音から逃れられない。

実家には、もうずっと帰っていない。というよりおそらく、今後も帰ることはできないだろう。男と暮らす自分を知られるのが怖くて避け続けた結果、完全に機会を逸してしまった。とくに仲良し家族というわけでもなかったが、家族にしろ友人にしろ、縁の薄い自分というものを、ときどき強く意識する。

そんなことを考えること自体、疲れている証拠だと思う。

重い脚を引きずって歩くうち、見えてきたのは三十階建てのタワーマンション。エントランスにコンシェルジュこそいないものの、ホテルのロビーかと見まがうような豪華な内装に、千晶はさらなる疲労を覚えた。

正確な家賃など訊いたことはないけれど、似たようなマンションの相場を調べた際、千晶の月収よりもはるかに高かった。おまけにそれが分譲ではなく賃貸だと知ってさらにぞっとした。

(買ったほうが安いだろ、このレベルになると。だいたい、マンションのくせに風呂場とトイレふたつあるって、どんだけだよ)

男ふたりで暮らすのに、なぜメゾネットタイプである必要があったのか。年収五百万を切るような中小企業の会社員には、あまりに不相応な住まいだと、ため息が出る。

十二年も住まわされながら、ごく一般的な中流家庭で生活してきた千晶はいまだにこの部屋になじめない。ロケーションに対する自分に違和感がありすぎたのだ。

あるいは、いつか出ていく日がくると思い続け、身構えたままの時間が長すぎて、なじみきれなかったのかもしれないが。

(けっきょくは、俺が貧乏性なんだ)

山梨県のなかでもすこし奥まった田舎にあるという寮に、心惹かれている。正直なところ、山梨での社員寮となる1Kのアパートのほうが、いまの環境よりよほど落ちつくのはわかっていた。近くに小さな商店街のある、住宅街のアパート。さわやかな土と緑のにおいがする場所とまではいかずとも、不夜城新宿よりは確実に千晶に向いているはずだ。

（静かな街だろうな。そして、……あいつはいない）

その想像は千晶の胸を奇妙にくすぐり、同時に落ちこませた。

不相応でなじめない環境から逃げることができる安堵と、それほどに違和感を覚えながらも、長く居続けた場所への愛着と寂しさ。

どちらもを取ることはできない。どちらかを選ぶしかなかった。そして千晶は今度こそ選んだ、それだけのはずだ。

それだけだ。強く自分に言い聞かせながら、専用エレベーターで住居スペースまでのぼると、フロアには絨毯のような防音効果の高いマットが敷かれている。足音ひとつ立てずに部屋のまえまでたどり着き、カードキーでロックを解除する。これらのシステムもまた、千晶がこのマンションを住処《すみか》と思いづらい理由のひとつだ。

「ただいま」

「——おかえり」

ただの習慣で、ほとんどひとりごとでしかない帰宅の挨拶に返事があったことにはっと息を呑《の》む。

「帰ってたのか」

驚く千晶のまえに現れたのは、この部屋の借り主本人だった。

「俺が俺の家に帰ってちゃ、なにかまずいのか？」

強ばった千晶の表情に、彼は長い睫毛をそよがせ、すうっと目を細めた。あまり機嫌のいい反応ではない。千晶は反射的に怯えながら、愛想笑いを浮かべた。

「そんなこと誰も言ってないだろ」

「じゃ、なんなんだよ、その顔は」

シャワーでも浴びたのか、彼のくせの強い髪は湿り、無造作に乱れていた。ふだんはうしろへ撫でつけている前髪をかきあげる長い指。

所作は気だるげで、いっそ優雅にもうつるけれど、長身の男がかもしだす独特の威圧感と淫靡な気配は、十数年のつきあいがある千晶ですらいまだに慣れることがない。

目のまえの男が、ただそこに立っているだけで醸しだす、ぐらりとするほど強烈な色香から目を逸らし、千晶は口早に言った。

「めずらしいと思っただけだ。ほとんど帰ってこないし」

言いながら靴を脱いだ千晶は、玄関からもっとも近い位置にある自分の部屋に逃げこもうと、足早に歩いた。だが自室のドアを開くより早く、壁につかれた長い腕が行く手を遮る。

「なんだよ、王将」

「なんだよって、なにがだ」

困ったように笑ってみせながら、千晶は彼の源氏名を呼んだ。いまではすっかり、こちらの名前のほうが彼になじんでしまっていて、本名を口にすると違和感があるくらいだ。

ホストクラブ『バタフライ・キス』のオーナー、柴主将嗣《しばぬしまさつぐ》。彼はかつて『王将』という源氏名でホストをしていた。ひと晩に一千万稼いだという伝説すらある、新宿の顔とも言える男だ。

長身に逞《たくま》しい体つき。目鼻のくっきりした、派手な造り。南米やイタリア系の外国の血が混じっているのではないかと噂されるラテン系ハンサムだ。じつのところは純日本人で、出身は北国のほうだというのはあまり知られていない。

彼について語られるのは、オーナーとしての経営手段の辣腕ぶり、圧倒的なカリスマと強烈な存在感――そして滴るような色香で手に入れた、財と地位。

常に余裕の笑みをたたえ、その源氏名のとおり誰かのうえに君臨するのが似合う、不敵な男。

そしてただひとりの、千晶の男。

「おまえ、なに焦ってるんだ？　なんで逃げようとする」

色気のある厚い唇を笑いの形に歪めた将嗣に、千晶は言い訳がましく口を開いた。

「暑くて汗かいたんだよ。風呂に入って、着替えたいんだ」

嘘ではない。この年の残暑は長く、秋に入ってからも真夏日が続いていた。スーツを纏った身体は汗じみて、自分でも肌のべたつきが気になる。

目のまえにいる男は、風呂あがりだろうにあまい香水のにおいをさせていた。誰かの移り香ではなく、彼自身が好んでつけるそれは、かつてのパトロネスのひとりが、わざわざフランスで調香させたオリジナルのフレグランスだ。いまでは同じ香りを将嗣本人が注文しているらしく、ひと瓶いくらか知らないが、おそらく千晶の月給くらい軽く飛んでいくのだろう。

（すごい違いだ）

地味な仕事をこなし、汗じみた身体を安いスーツで包んだ自分と、あまやかな香りを纏い、朝からセックスをする余力のある男と。

いったいどうしたらこの差は埋まるのだろう。べつにお互いの稼ぎの違いが悔しいのではない。彼とはあまりに人種が違いすぎるのだ。そして、近くにいるだけむなしくなる。

物思いに沈んでいると、くすぐったい感触を覚えた。顎を撫でるのは、将嗣の長い指だ。

「……なに？」

「だから、なに、じゃねえだろ。いまさらとぼけんな」

あえぐように息をしながら、千晶は背の高い彼を見あげた。身長差はおそらく十センチというところだけれど、身体の大きさが違いすぎる。壁に追いつめられたまま、覆い被さってくる男からできるだけ顔を逸らし、薄く嗤った。

「疲れてんだよ。すこし寝てからじゃ、だめか」

「だったらよく眠れるように、もっと疲れさせてやるよ」

逃げた唇を将嗣は追わない。ただ読めない表情でうっそりと笑い、過敏な耳たぶを指でもてあそぶ。ゆるめた襟首《えりくび》にも指を這《は》わせ、浮きあがった首筋のおうとつをなぞるのが卑猥《ひわい》だ。

いやなのに、反応してしまう。千晶の唯一知るセックスは将嗣の施すもので、つまり十数年かけて、この身体は目のまえの男に開発されてきた。

拒みたい。けれど、肉欲に弱い自分も知っている。むしろ焦《じ》らされれば、屈辱を覚えつつも泣いてせがむのは千晶のほうだ。

「今日は時間がある。千晶も明日は休みだろ。ひさびさにおまえとするセックスだ、覚悟はいいだろうな?」

声は穏やかなのに、恫喝されているような気分になった。同時に『おまえとする』という言葉にひっかかる自分を知って、千晶は胸が苦しくなった。

「ほかの誰かとは、どうなんだろうな」

自嘲と嘲りの混じったつぶやきは、当然聞きとがめられた。顎を撫でていた指がすべり、千晶の目立たない喉仏のうえに親指が触れる。ぐっとこめられた圧に、冷や汗が背を伝った。

「なにか言ったか?」

「っ……なにも」

ふだんの彼は、どちらかといえば鷹揚《おうよう》で快活なタイプだ。店の若い連中には、畏怖《いふ》と尊敬をもって慕われ、ひとを食ったような笑みを浮かべていることが多い。

だが千晶に相対するときだけ、その表情は翳《かげ》る。眼窩《がんか》の陰が濃くなり、目の奥には読めない闇のようなものが漂う。

怒りや嘲りにも似た強い感情。その意味を読みとろうとする努力はとうにやめた。執着はされているのだろうけれども、愛情と勘違いするには、ふたりの仲はややこしくなりすぎている。なにより、言葉ひとつ、視線ひとつで自分を意のままにする男のことを、焦がれるように求めているのは千晶のほうだ。

「わかったから。シャワーだけ、使わせてくれ」

あきらめの息をつくと、頬を撫でた将嗣がようやく腕を引き、身体を解放してくれる。ほっとしたのか寂しいのかわからないまま、千晶は顔を背《そむ》け、浴室へと足を進めようとした。だが背後から腰を抱かれ、顎には強引な指がかかる。

「そう、急ぐことねえだろ」

あ、と声をあげる間もなく唇が重なり、すぐに舌が押しこまれた。

煙草の味のするキス。苦い唾液は飲みこむほかになく、絡んだ舌を口腔《こうこう》でもてあそばれると、すぐに腰がひくついた。気づいた将嗣が含み笑い、スラックスのまえを手で軽くはたく。

「んう!」

びくっと肩が跳ねる。喉奥で転がされた笑いが振動となって唇に伝わり、悔しくなる。身じろいで逃れようとするけれどかなわず、しっかりと握られた股間が大きな手のなかで育てられていく。

「ふん。抜いてなかったみたいだな」

ひとしきり口のなかを犯しつくしたあと、将嗣は唇を歪めて笑った。千晶は目を逸らし「そんな、暇、ないよ」ともつれた舌でたどたどしく答える。

「暇があっても、すんなっつってただろうが」

「だから、しないっ……し、てない、って」

やわらかく揉みこまれて、完全に勃起した。将嗣はそれをおもしろそうに眺め、ぎゅっと強く握ったあと、強ばったそれを手のひらから解放する。

性感を高ぶらされたのはペニスだ。なのに、じりじりと炙《あぶ》られたような感覚が去らないのは腰のずっと奥のほう。性器への愛撫は、このさき訪れる挿入と蹂躙《じゅうりん》に直結している。

「……王将」

名を呼ぶと、なにか気に入らないことでもあるかのように、彼は片方の眉をあげた。そして千晶の小さな尻をきつく掴み、一度だけ縫い目の奥へと指を食いこませ、また放り出した。

「風呂、さっさといってこい」

無情な言いつけに、従順にうなずく。見おろしてくる将嗣の目を見ることは、とてもできなかった。この程度の悪戯《いたずら》で興奮する千晶をあざ笑うような、冷たくあいまいな笑みを浮かべているだけだからだ。

意地悪く高められた身体を引きずり浴室へ向かう。快楽の期待に火照《ほて》った身体がよろめきそうになるのをこらえ、必死に歩いた。

（最低だ）

服を脱ぐだけで、肌が痺れた。高ぶらせて放り出すのは、シャワーの水流が肌を叩くことすら、過敏な身体には前戯となると知ったうえでの将嗣の意地悪だ。じりじりとした気分を味わうことで、もう将嗣とのセックスははじまっているのだと、思い知らされる。

シャワーに打たれながら、千晶は自分の肩を自分で抱いた。ムードもへったくれもない、どころか愛情すら感じられない戯《たわむ》れにさえ、あっけなく疼《うず》き悶《もだ》える身体が情けない。

けれど、彼が目のまえにいるだけで、千晶はもう、たまらなくなる。将嗣は千晶にとって、セックスそのものだ。どうしてそんなふうに過敏に反応してしまうのか、わからない。彼とは、身体の関係以外になにひとつ結んでこなかったからかもしれない。

いっそ心はかけらも伴わない、性の奴隷《どれい》であることに溺《おぼ》れきってしまえれば、楽だったのだろうに。

「千晶、早くしろ」

「……わかってる」

磨りガラス越し、待っていると告げる男の居丈高《いたけだか》な声。腹立たしく、忌々《いまいま》しい。屈辱も感じるし惨めだと思うのに、命じる声に抗えない。

低くあまい、あの声を、いとおしいと感じてしまう自分が、本当にばかすぎて、笑えた。

裸のまま寝室に入ると、ものも言わずに腕を掴まれ、ベッドに押し倒された。

覆い被さってくる男の、整髪料と煙草の入り混じったにおいが鼻腔《びこう》をくすぐる。そこにあまったるい香水のにおいが混じらないことに、すこしだけ安堵《あんど》している自分が哀しかった。

会話は、なにもない。ただ口づけをうけ、肌を、敏感な突起を、剝《む》きだしになった粘膜をいじられ、脚を開かされる。

「ぼうっとすんなよ」

「……っ」

濡れた指が尻の奥を探り、二本の指で無造作にそこを開く。先端が細くなったジェルボトルのさきを押しこまれた。

「い、や……っ」

ぬめった音を立て、ジェルが流しこまれてくる。室温と変わらないほどにはぬるいけれど、体内にはやはり冷たく感じるこの瞬間が、千晶は苦手だ。

(気持ち、悪い)

ぶるりと震えると、摩擦であたためようとするかのように乱暴に指が押しこまれた。

おざなりといってもいい、愛撫にもならないそれでも、千晶の身体はもどかしく震える。

「こんなんでも感じるのか、おまえは」

誰がこんな身体にした、という言葉は呑みこみ、喉奥であえぎを噛み殺した。

目は開けない。ただくちゃくちゃと体内をかきまわす指の動きに集中していれば、すくなくとも快楽は得られる。

(今日は、いれるの早いな)

ということは、さして機嫌が悪くないらしい。

将嗣はなにか不愉快なことがあると、セックスがしつこくなる。おまけに延々と続くので、千晶はときどき、本気でヤリ殺されるのではないかと考えることすらある。

怯えると同時に、それなら、それもいいかと、どこかであきらめていた。もともと彼のオモチャとしてしか必要とされていない身体だ。使い捨てられるのも道理だと、投げやりに納得する自分がいた。

セックス以外の時間にも、そうして自分を捨ててしまえば、楽なのだろうけれど。

「千晶」

呼ばれたのは、目を開けろという命令だ。瞼をゆるやかに開くと、きつくつぶっていたせいで潤《うる》んだ視界に、男の顔が映る。

目尻がほんのすこし下がった、くっきりとした二重の瞼。いつも笑っているような顔をしている男は、千晶のまえでだけはあまり笑うことがない。

冷たく睨《にら》むように見据えられ、無表情に見つめ返す。近づく距離にも、目を伏せはしない。

将嗣が見ていろと言うのなら、それに従うだけだ。

「……んんっ！」

　口づけを受けたと同時に、いきなり太いモノが押しこまれた。一瞬の衝撃に呻《うめ》くけれど、慣らされた身体は熱の楔《くさび》をやすやすと呑みこみ、嬉しげに収縮をはじめてしまう。

「相変わらず、よく食いつく」

　下唇を嚙んだ将嗣は、シャツすら脱いでいない。ボトムのファスナーを開き、必要な部分だけを取りだして、全裸の千晶を静かに犯す。

　即物的で情緒もなにもない、一方的なセックス。それでも千晶の全身は燃えるように熱くなり、突きこまれる欲情を嬉しがっている。

「ん、んふ、ううう、うっ」

　ぎしぎし、ぐちゅぐちゅという音のほかには、ひとりぶんの押し殺したあえぎと、ベッドのスプリングが軋む音しか聞こえない。ぬかるんだ肉をかきわけ、開き、ずるずると行き来する逞しいそれのことしか、考えられなくなっていく。

「……風呂の間、勃ちっぱなしだったのか」

「いたっ！」

　はしたなく強ばった性器を、長い指がぴんと弾いた。将嗣の身体の動きにあわせ、ゆらりと揺れる細身のそれは、粘ついた体液を滲ませながらひくついている。

「千晶、こすってほしいなら、そう言え」

「こ、こすって……っ、あ、うああ、や！」

ねだらせておいて、将嗣はこするどころか、握りつぶすような勢いで手のなかにそれを捕らえた。圧迫感に、射精欲求を煽られていたペニスが痛み、そのくせ指の端からあぶれた先端には、とろとろと透明な雫が滲んでいく。

「い、痛い、いたいってっ」

「ああ、悪いな。ひさびさなんで、加減を忘れた」

喉奥で笑い、ふっと手の力を緩められる。どっと流れた血流に痺れが走り、さらに敏感になったそれを、今度は羽がかすめるような力でもどかしく刺激された。

千晶は呻きながら腰を振る。小さな尻は震えながら浮きあがり、すでに将嗣の楔が打ちこまれた場所を起点にして、ぐねぐねと淫らに蠢いている。

「もっと腰、突き出せよ。手が届かねえ」

「ひっ……ひ、あっ」

いたぶる言葉をかけられながら、緩く輪になった手のひらのなかへと自分の性器を届かせるため、必死になって腰を振る、そのみっともない様を、男はおもしろそうに睥睨《へいげい》した。

将嗣が千晶をなぶるやりかたは、いつもこうだ。子どもが蝶の羽をおもしろがってむしるように、残酷な喜悦《きえつ》を滲ませた目で、隅々までを観察する。

「もっとだよ。しごいて欲しけりゃ、ちゃんとケツ振れ」

「や、やって、る……っ」

わざと焦らすやり口に、惨めさを覚える。同時に妙な興奮も襲ってきて、そんな自分が疎《うと》ましいと千晶は唇を噛み、卑猥にもほどがある角度に腰を突き出した。

「いい格好だ。そのまま、脚踏ん張ってろ」

「え、あ……っ、あ、ああぁ、あああ！」

腰を浮かせた状態のまま、いきなり激しく突きあげられた。もどかしく焦れていた身体に訪れた、強烈すぎる刺激に悲鳴をあげて悶える身体を、強く押さえつけられる。自分の荒れた息がうるさい。おかげで、相手が興奮しているのかどうかなど、まったくわからない。

「い、やだっ、やっあ、ああ！」

「なんで逃げる。してほしかったんだろうが」

笑いを含んだ声が、ぬろりとした感触とともに耳に吹きこまれる。ぞくぞくと震え、無言でかぶりを振ると、手にしたものをさらに複雑にもてあそばれた。

「ひう、うう、うう」

「声噛むなよ」

うなずいてみせるけれど、声は出せなかった。反抗しているわけではなく、深く入りこんだ将嗣のそれがすごすぎて、喉が痙攣しているせいだ。

目があって、ぞくりと千晶は震えた。冷徹な視線が、打ちこまれた楔よりなお深くを暴き出す。身体の芯まで見通すような目に怯え、とっさに顔を逸らすけれど、将嗣は笑うばかりだ。

「いやそうな顔するくせに、濡れ濡れだな」

「い、いやじゃ……」

「ないのか？　じゃあ、好きなんだな、これが」

「んん！」

ゆるゆると浅い部分を穿《うが》っていたそれを、一際強く打ちつけられる。強烈な刺激に眩暈《めまい》がして、ひと突きごとに理性が打ち砕かれていく。

いたぶるような抱きかたに、苦しさと哀しみがこみあげる。機嫌が悪くないと感じたのだが、違っていたのか——いや、それとも。

（もうお互い、相手の気持ちなんかわからないのかもな）

自嘲混じりの笑いが、突きあげられ力なく揺れる顔に浮かぶ。

それ以前に、将嗣の気持ちがわかったことなど、千晶にあっただろうか？

「千晶、ぼうっとすんなっつってんだろ」

「うぐっ……お、王将、もっとゆっくり」

きつく責められ、哀願まじりに名前を呼ぶ。だが彼はますます機嫌を降下させ、呻いた。

「そっちで呼ぶな」

彼は、千晶が源氏名で呼ぶとひどく不愉快そうに顔を歪める。人生のうち、もう半分近くをその名ですごし、いまでは本名のほうを知る人間のほうがすくないのに、そして彼自身、『柴主将嗣』であることに、なんのこだわりも持っていないはずであるのに、だ。

「……将嗣?」

呼びかけると、ほんのすこしだけ彼は唇をゆるませた。広い肩を覆っていた威圧感がやわらぐのを知り、千晶は不思議になったが、その感情をまともに分析するより早く、きつい突きあげをくらい、悲鳴をあげる羽目になった。

「もう逃げようなんて思うな、千晶」

「んっ、ん……っ」

「別れるだのばか言ったら、またこの間みたいに犯すからな」

言われて、びくっと身体が引きつった。無言で震わせた唇を、将嗣の指がたわめるように撫でていく。千晶は胸をあえがせ、必死に声を絞り出した。

「あ、あのとき、誰がいたんだ」

「いねえよ?　誰も見てねえし」

嘘だ、という言葉は声にならなかった。追及したところではぐらかされるのがオチだし、そもそも彼が認めようと認めまいと、あのときの自分はたしかに誰かの気配と視線を感じた。

いまさら取り返しのつかないことでなじっても、さらなる反撃が待っているだけだ。

「だいたい、見られたからなんだ？　おまえだって、よがってただろうが」

「それはっ……」

セックスに弱いのは、それがどんなにいたぶるような抱きかたであったとしても、そのときだけは求められていると実感できるせいでもあった。けれど、それを目のまえの男に言ったところで通じないし、千晶自身、そんな情けないみじめなことを口にしたくもない。

複雑な内心を知ってか知らずか、将嗣は低く嗤う。

「どっちでもいいさ。同じことだ」

誰かに見られても、見られていなくても。千晶が別れると言っても、言わなくても。

「──おまえは、俺のだ」

薄暗い嗤い混じりのつぶやきのあと、唇が重なった。さきほどまでの快楽を煽り奪いとるためだけのそれではなく、なにか感情を含んだような口づけに、千晶は目を閉じた。

以前の将嗣はもうすこし──ふたりきりのときやセックスの際に限って、だが──やさしいと感じられる態度もとった。けれど千晶が別れを口にするようになってからは、サディスティックな気配は回を追ってひどくなっている。

どっちでもいい。つまりそれを執着ととるか、意に逆らう相手への不快感ととるかは千晶次第、ということだ。そして千晶は考えることに疲れていた。

（考えても、しょうがない）

思考を放棄して、揺れる腰の奥に伝わる振動だけに神経を集中させる。こっけいに揺れる細い脚の内側、逞しい身体を挟んだ腿がこすれ、摩擦に熱くなった。

「いくか？　ん？」

低い声にそそのかされ、こくこくとうなずいて背中にしがみついた。たぶん、あと三度ほど突きいれられたら、射精するだろう。タイミングすら計れるほどなじんだセックス、けれど倦《けん》怠《たい》の近づく余地はない強烈な悦楽に、喉が震えた。

「あ……」

肌を重ねるのも、習慣と淫楽のための行為でしかない。あるいははけ口、その程度の扱いを十二年も続けてきて、感情はすでにすり切れた。

抱きしめられるだけで血がたぎるような興奮も、肌が切れるようなせつない痛さも寂しさも、すっかり薄らいで久しい。

それでも、長いこと一緒にいた。そばにいすぎた。抱きあうたびにまじりあう身体はきっと、どこか一部が癒着してしまっていて、引き剝《は》がせば血を流すに違いない。

疲れた心と、同じように。

＊　＊　＊

窓の外には、道行くひとびとが蠢いていた。

この日、千晶が大学時代の先輩に呼び出されたのは、新宿ではなく渋谷《しぶや》のセンター街に近い店だった。地上からずいぶんな高さにあるビルの喫茶店は、そこそこにぎわっている。

ガラス窓の向こう、眼下にあるのは都会の街。日曜だからか、とくに混み具合の激しいスクランブル交差点。せわしなく行き交う人間たちはアリの群れにも似て、不規則なようでいて、どこか法則的にも感じられる。

それらを見おろす千晶の横顔には、表情がない。

無心というよりうつろな目で、ぼんやりと外を眺めていた千晶に、ほがらかな声がかかった。

「柳島、ごめん、ごめん。待った？」

「いえ、大丈夫です」

からりと笑って、長身の男が近づいてくる。ひさびさに顔をあわせた先輩、檜山春重《ひやまはるしげ》は、相変わらずの飄々《ひょうひょう》とした雰囲気を身に纏《まと》っていた。

「ごめんね、新店の打ち合わせのついでだったんだけど、長引いた。休みの日なのに、呼び出して悪いね」

「クライアントのご要望なら、文句は言いませんよ」

スーツ姿にブリーフケースを手にした彼は、かなり急いでやってきたらしく、軽く息を弾ませながら向かいの席に座った。こちらは私服姿の千晶がやんわり微笑んで返すと、目のまえの男は聞いているのかいないのか。「その水ちょうだい」と言うなり、千晶のまえにあったコップを勝手に奪い、ぬるくなった中身を一気に飲み干した。

「……っぷあ、生き返った」

「お水、待てなかったんですか?」

千晶がくすりと笑うと、春重は「うん」と子どものように笑った。

「朝からろくに水分補給してなくてね……あ、コーヒーひとつね……打ち合わせ、雰囲気悪くてさあ。お茶は出てるんだけど、茶ぁすする空気じゃなかった」

通りかかった店員に手をあげて注文した春重は、長い脚を軽く組み、ネクタイをゆるめた。その姿にうっかり見惚《みと》れた店員が、あわててオーダー票を書く姿に千晶は苦笑する。

(どこまで計算なんだか)

学生時代、雑誌モデルだった春重は、端整な顔に長身、やわらかくきれいな笑顔と、ルックスだけなら非の打ち所のない美形だが、発言や態度がコミカルで、それがひとをなごませる。笑顔は、彼の歳の離れた弟によく似ている。邪気がなく、人好きがするあまい顔だ。もっとも弟と違って、春重の表情はあくまで無邪気に『見える』だけのことだが。

「新店、大変なんですか」

「んー。コンセプトはプチホストクラブ、って感じのイケメン飲み屋なんだけどね。仕入れの業者さんとの価格設定が難航して。ま、最終的にはお互い条件飲んだけど」

ごそごそと春重が取りだした企画書に、千晶はざっと目を通した。

時間単位制でテーブルにキャストがつくことはできるが、指名はできない。そのためサービス料はなし。チャージ料はドリンクやフードに含まれるため、多少は一般の飲み屋より高くつくが、それでもかなりリーズナブルなボーイズバーのようだ。

「ずいぶん、ふつうの店ですね」

新しい店はてっきりメンキャバ——要するに男のキャバクラだ——かと思っていたが、予想より健全な、あくまで『イケメン揃《ぞろ》いのレストランバー』らしい。意外だと声に出すと、春重が補足だけど、と語り出した。

「いまの『バタフライ・キス』は完璧に定番のホストクラブだろ。それはそれで、うちのグループの中核《コア》になるものだし、優良店として売り上げも上々だし。けどね、風営法きっつくなったからさ、しょせん夜の店は夜の世界でしかまわらなくなってるわけ」

「夜の世界で、というと？」

「最近ますます法律厳しくなったの。一部営業だけでもすんげえ規定細かくなってるし。老舗のクラブにも、最近ガサいれ入ったらしい。つっても優良店だから問題なかったけど」

テレビのコメンテーターにもなるようなホストクラブオーナーが、見せしめに引っぱられた件は千晶も知っていた。

風営法と略される『風俗営業等の規制及び業務の適正化等に関する法律』により、キャッチ禁止、営業時間の限定など、法規制は年々きつくなっている。

「……そんなこんな、お達しが厳しいから、けっきょくお客さんは一般人の女性つうより、キャバ嬢とかのほうがメインなんだよ」

深夜一時から夜明けまでの営業を禁止されているため、ホストクラブやキャバレー等では夕方から深夜までを一部、早朝五時ごろからの通称『日の出営業』を二部として営業する。必然的に、二部には仕事あがりのホステスらしか来店しないということになる。

「まあ、遊びかた間違えたお嬢ちゃんがヘタに借金作ったりするより、プロ同士じょうずに遊ぶほうが、それはそれでいいのかもしれないって俺は思うけどね」

ひところのホストブームもおさまってきて、カネの流れがもとに戻っただけのことだ。

語る春重は、どこかのんびりした語り口ながら、目は厳しいものをたたえていた。

「で、近年はメイド喫茶の男版みたいなコンセプトカフェも増えてるだろ。なら俺らのノウハウと人脈でシロウトさん向けの店作ろうとね」

「ははあ。そりゃガチですね」

春重は役職の名称こそ『バタフライ・キス』のフロアマネージャーだが、実質は将嗣と共同で経営に携わっている。経営しているのは、ホストクラブ一店舗だけではない。グループ店となる居酒屋などの飲食店に、『王将』の名をうまく活かし、関連業種のプロデューサーとしても名を馳せ、たとえばラブホテルのプロデュースなどというものも手がけているそうだ。

異色なところでは、自分でスカウトしたホストやモデルらを起用したファッション誌『メンズ・ショット』ほかも立ちあげた。メイン専属モデルは彼の弟でもある檜山一路《いつみち》だ。

数年まえから、一部の若人のファッションリーダーとしてキャバ嬢やホストが注目されるようになり、ファッション誌もそれ専門のものがいくつかある。将嗣と春重が企画した『メンズ・ショット』はそのなかでもかなり人気があるものだ。

まだ二十二歳の一路は二十歳になるなり『バタフライ・キス』のイメージモデル兼ホスト、『イチロ』として働いてきた。だが、もともと『メンズ・ショット』での彼の人気を利用した看板キャラクターでしかなく、ホストらしい接客はほとんどしていない。

「一路も、モデルのほうでけっこう人気出てきたからさ。あんま、裏のにおいがする仕事はさせたくないのね。だから、グループ全体の看板息子ってことにして、イメージキャラクター的に使ってくほうがいいかなと」

「ああ、でも一路なら、そっちのほうが向いてるかも」

一路は兄の春重よりさらに背が高く、抜きんでてきらびやかなルックスながら、性格は穏やかで気のやさしい青年だ。春重は相当な兄ばかだと思うが、どことなく雰囲気がかわいらしいので、猫かわいがりしてしまう気持ちは千晶にもわかる。

「日の当たる仕事のほうが、たぶんあの子には向いてるでしょう」

穏やかに千晶が告げると「そうだね」と兄の表情で春重は微笑んだ。

「ま、そんなわけでですね。またホームページ作成の依頼を、と思ってるんだけど」

さらにごそごそと資料を取り出そうとする春重に、千晶は眉をひそめた。

「系列会社にデザイン事務所もあるんでしょう？　そっちに頼めばいいんじゃないですか」

「あれは雑誌とフライヤー専門なの。……でも、いやなら無理しなくてもいいよ。どうしてもだめっていうなら、しかたない」

「いやならいいんだけどって、だったら言わなきゃいいじゃないですか」

あざとい物言いだ、その言いかたはずるくないか。苦笑した千晶が指摘すると、春重は微笑んだ。

「日本人的な押しつけ方法だろ。下手《したて》に出つつ相手の良心につけこんで、やんわり通しちゃう」

「ネタばらししてどうすんですか」

失笑すると「まあまあ、とりあえず聞くだけ聞いて」と春重は書類を取り出す。やわらかい押しの強さは学生時代からなにも変わらず、呆《あき》れながらもつい笑ってしまった。

「とりあえず、飲み屋のインフォメーションサイト作ってよ。ロゴとか写真とかは、デザイン部門からデータ渡すんで、サイトの構築だけしてくれれば、更新管理は社内でやる」

差しだされたのは、すでにプレオープンに向けて稼働しはじめている店の企画書だ。「わかりました」とうなずいて書類を確認していると、春重が「あのさ」と問いかけてきた。

「あと、ページ単価は毎度のでいいわけ？　もうちっとあげてもいいんだけど」

「友人の手伝いって名目なんで、いつもの値段でいいですよ。確定申告面倒くさいし」

千晶の返事に、春重は「欲がないなあ」と呆れたように言った。そのあと、企画書の概要を確認する千晶に、のんびりとした声で言ってのける。

「あいつは、WEB部門に関しては、柳島がうんって言えば、すぐにでも作る気らしいけど？」

ちらりと含みのある視線を向けられ、千晶はうつむいた。すでに何度も提案された事項を、無言のまま受け流した後輩に、春重はため息をついて腕を組む。

「柳島さあ、通販会社のシス担なんかやってたって、さきは見えてるだろ。会社に隠れて内職するんじゃなくて、専任になってくれると助かるんだけどなあ」

「それでも、あっちが俺の本業です。『バタフライ・キス』の仕事はあくまでアルバイトってことで、不定期にお引き受けしてるだけだって、まえにも言ったじゃないですか」

かたくなな表情で言い張ると、春重はため息をついた。

「柳島はプログラムも書けるしWEBデザインだってできるんだから、その気になればもっといろいろできるでしょ。フリーになったっていいんだし、うちなら、おまえのいいように会社作れるよ？」

今後、飲み屋のチェーン展開も考えてるから、仕事はいくらだってあるし。説得しようとする先輩をまえに、千晶は目を伏せ、かぶりを振ってみせた。

「そういう話じゃないんです」

「じゃ、なにが不満なわけよ」

「愛人に仕事世話する発想そのものがいやなんですよ」

ずばり吐き捨てるように告げると、春重はやれやれとため息をついた。

「あのさあ、おまえ――」

なにかを言おうとしたらしく、身を乗り出した彼は、しかし店員がコーヒーを運んできたことで黙らざるを得なかったようだ。

どこにでもある喫茶店の、うまくもまずくもないコーヒーをひとくちすすり、店員が遠ざかったのを見計らって春重は口を開いた。

「愛人てさあ、あいつ奥さんいつの間にこさえたの。十二年も彼氏やってて、同棲までしてんの、柳島だろ」

「そういう意味じゃないのはわかってるくせに」

「頑固だね、おまえも」

千晶がかすかに微笑むと、ひどく冷たい印象になった。心まで冷えきっているとわかる、疲れの滲む表情に、春重はやれやれとため息をつく。

「……ま、それはともかく。飲み屋のほうについては書類に概要があるけど、ちょっと見てくれるかな」

　不毛な会話と知ったとたん、春重は頭を切り換えたらしく、ビジネスライクな口調で段取りと企画書の補足をいくつか説明しはじめた。

「トップはフラッシュ使って。素材の写真は渡すから、いつもどおり、そっちで加工してくれると助かる。イメージカラーなんかも書類にあるとおりだけど、なんか質問ある？」

　何度か請け負っていた話と大差はなく、サイトデザインと構成を考えれば問題はないと判断する。千晶が「とくには」とかぶりを振ると、彼はスケジュール帳を取りだした。

「んーと……じゃ、来月までに下案くれると助かる。プレオープンまでにサイトの稼働間に合わせたいのね。柳島仕事早いから、毎度の突貫工事で悪いんだけど、〆切とかこれで平気？」

　提示された期日は、ぎりぎり辞令の日程まえだ。大丈夫だろうと判断し、千晶はうなずいてみせる。

「平気もなにも、やるしかないんでしょう。先輩の突発の依頼にはもう慣れてますから。写真とかの素材、早めにもらえれば問題ないです」

「悪いね、毎度。頼りにしてるし。ほかにも企画あるんで、次の依頼についてはまた今度」

　笑いながら拝んでくる春重が、なにげなく口にした『次』という言葉に一瞬千晶は惑った。

そしてしばしの逡巡ののち、口を開いた。

「次って、いつごろでしょうか」

「え？　まだ確定はしてないけど、たぶん数カ月後にイベントがあるから、インフォメーションサイトをと思って――」

春重は途中で言葉を切った。形のいい眉を軽くひそめ、小首をかしげてみせる。

「なんかあんの？」

身を乗り出すようにして問いかけてくる彼に、一瞬ごまかそうかと思った。けれど聡い春重相手に通用するほど千晶は口がうまくなかったし、へたな嘘をついても意味はない。

「WEB関係の依頼は、受けられるとは思います。でも、いままでみたいに、こうして打ちあわせたりとかがむずかしくなるかもしれない。会社、忙しくなるんで」

「うん、だからさ。なんで忙しくなるの？」

春重は、あえて穏やかに粘ってきた。通り一遍の返事ではやはり無理なようだ。千晶はすこし視線をずらし、事実だけを述べた。

「いま勤めてる会社、再来月に移転するんです。引っ越し作業があるし、それに伴った異動もあって、昇進になるんです」

淡々とした声で話す千晶の『昇進』という話に、春重は祝いの言葉を口にはしなかった。ただ、いつも笑っているような顔を引き締め、唇を強ばらせる。

「どこに引っ越すの」

「……山梨県ですね。倉庫とオフィスの家賃っつか、経費がもう、まかなえなくなってきてるそうで。山梨には、昔、会社の倉庫用に買った土地で放ってあったのがあるらしいんですよ」

千晶が口にした笑い話に、春重はにこりともしなかった。ふだん、穏和な表情をしていることの多い彼だが、そういう顔をするともとの造りのよさが際だつ。そのぶんだけ、剣呑な迫力も増した。

「知ってます？　最近は、都内の会社の電話サポートとかも、沖縄とか遠方で受けることも多いんですすよ。おかげで、土地鑑《とちかん》のないサポート嬢がとんちんかんな返事するトラブルもあるらしいですけど――」

「で、おまえはそれ、あいつに言ってないわけだ？」

話を断ち切った春重に千晶は口を閉ざし、すでに冷めきったコーヒーをすすった。

「いつ決まった？」

鋭い声に、「辞令が下りたのは、先週の話です」と淡々と答える。

「誰が書類の話しろっつったよ。移転の話自体はいつ決まったかくらい、知ってんだろ」

「まあ……俺ら平社員の耳に届いたのは、半年近くまえ、ですか」

春重はいらだったようにスーツのポケットから煙草を取りだしかけ、店内禁煙の文字を見つけて舌打ちをした。

「くそ。どこもかしこも禁煙って、やりづれえな」

「この機会に禁煙されたらいかがです？」

さらりと言うと「できりゃ苦労しないよ」と春重は肩で息をした。

「んで？　おまえら、その半年間なに話してたの」

「会話なんか、ろくにありませんから。だいたい、あいつが家に戻るのなんか週に一回あるかないかだし、俺もこのところ、会社の仮眠室に寝泊まりすることが多かったんで」

顔をあわせるのは月に一度あるかないかだと答えると、春重は眉間《みけん》に皺《しわ》を寄せた。

「おまえらさあ、その状態っていつぐらいから？」

「さあ……もう、覚えてません」

そもそも、社会人になってからというもの、まともに会話をしたことなどあっただろうか。

店を立ちあげたころも、それ以前からも将嗣は多忙を極め、ひどいときには数カ月、自宅に戻らないこともあった。

学生時代には、店の開店資金を稼ぐために、大学そっちのけでホストの仕事に精を出し、けっきょく二年も留年する羽目になっていた。

そして、そのせいで本来ならば二学年下の千晶と出会ってしまった。

ずきりと、過去の痛みが胸を焼く。いつまで経っても苦く重苦しいこの感情を振り払うように、千晶は軽く息を吐いて笑ってみせた。

「王将が忙しいのは、檜山先輩がいちばん知ってるでしょう」

「まあ、そりゃそうだけどさ。あいつ店にいても、年がら年中電話か打ち合わせだし。でも出張関係は、かなり俺に任されてんだけどなあ」

　そんなに自宅に戻っていないとは思わなかった。つぶやくように言った春重に、口にするまいとしていた言葉がこぼれていく。

「あいつが外泊するなんて、めずらしい話じゃないですし。あのマンション以外にも、部屋いくつか持ってるでしょう」

「あ？　まあそりゃ、あるけど——」

　なにげなく答えようとした春重は「あ」と目をまるくした。

「なるほど。それで愛人。ほかの部屋に誰かいるんじゃ、とか考えてるわけだ？」

　千晶が薄く嗤うと、春重は呆れたように目をしばたたかせた。

「ちょっと柳島、それ被害妄想きわまってない？　いまのあいつ、そこまで暇じゃねえし。そもそも部屋があるのは、ぜんぶホスト連中とか店員の寮で、たまに仮眠に使ってるわけでさ」

「……知ってますよ」

　千晶の浮かべた笑みの意味には気づかないのか、春重はなおも説明しようとする。

「本店のルーク《ナンバー2》の勇気《ゆうき》だって、まだ寮にいるくらいだし、将嗣の動向なんか調べりゃすぐに」

「ええ、だから、知ってるんですよ」

　千晶は苦笑した。そして、歌謡曲や演歌に出てくる嫉妬深い女のように、むやみに不安になっているわけではないとかぶりを振る。

「あのですね、王将が——将嗣じゃなくて『王将』が、どうやってあの短期間に、太客《ふときゃく》掴んで金貯めたのか、その客をどうやって虜にしたのか、俺、ぜんぶ知ってるんですってば」

「知ってるって、だからそれは」

彼がどうにかフォローをいれられないかと頭を巡らせるまえに、千晶はさばさばと言った。

「いまさらだけど、ぶっちゃけますね。あいつが女とやってるとこ、直に見たの一回や二回じゃないんですよ。堂々、いっしょに暮らしてる部屋に連れこんでましたから」

うっと春重がつまった。ぐうの音も出ない話に、彼は顔をしかめている。

「それは……あのころは、仕事だったからで」

「そうですね。それがいやならホストとなんかつきあえない」

わかっているとうなずくと、春重はなんとも言えない顔をした。千晶よりよほど饒舌《じょうぜつ》な彼が言葉を探す羽目になっているのが、こんな状況だというのに、おかしかった。

「でもね、それこそ日本人的な押しつけ方法なんですよ。こっちが強く言えないのをわかってて、開き直って『いやならそう言え』って言われたら、ふつうの日本人は文句言えません。まあそれ以前に、あいつ相手に言っても無駄だってあきらめましたけど」

さきほどの軽口を逆手に取られ、春重は黙るしかなかったらしい。

「だいたい、俺がなんか文句言うでしょう。で、不満があるならかわいがってやるって、なにすると思います?」

「聞きたくないけど一応、なに？」

「こっちがぶっ倒れるまでやりまくりですよ。ほんと、あの体力にだけは感心しますけど」

春重は、さすがにいやな顔を隠せなかったようだ。

別れ話を切りだしたあとのセックスは、ほとんど拷問じみている。あげくぼろぼろになった千晶が泣きながら「そばにいる」と口にするや、仕事だと言い放って女のところに機嫌を取る電話をかけるのだと補足すると、彼はますます顔を歪めた。

「先輩だって、まったく知らなかったわけじゃないでしょう。大学のころ、俺、何度か体調不良で学校行けなかったし」

指摘すると、春重は気まずそうな顔をした。

「あー、その。あのころは若気の至りかと思ってたけど、まさか……」

「あのころから変わってないです。逃げたらセックスで屈服させられる、同じパターンの繰り返し。俺はそれ、二十歳からずーっと耐えてきましたけど、まだ我慢しないとだめですかね」

「いや……」

あけすけな告白に、春重はかなり動揺しているようだった。さきほど喫煙できないとぶつくさ言ったばかりなのに、また煙草のケースを取り出そうとしては舌打ちしている。

気まずそうに煙草をしまいながら、春重は千晶の顔を見ずに言った。

「柳島さあ、俺にここまでぶっちゃけるってことは、ほんとにもう、終わりにする気だろ」

苦い声で問われて、千晶は答えなかった。そもそも、終わるようななにかがあるとさえ、思えなくなって久しい。視線を落とし、薄く嗤うだけの千晶に、春重は痛ましいと言いたげな目を向けた。

「言い訳にもならんけどさ、『バタフライ・キス』ではイロコイと枕は禁止にしてる。あいつ自身が、あんまりそういうの好きじゃなかったからだっていうふうには、思ってやれない？」

「最初にそのこと言いだしたのは、先輩のほうだって俺が知らないとでも？　ついでに言うと、それ、一路のためでしょう」

今度こそ言葉がなくなったようで、春重は「お見通しかよ」と力なく笑った。

ホストクラブのマネージャーなどをやっていても、春重自身はホストとして店に立ったことはなく、どんなに勧められてもあくまで裏方に徹していた。

華やかな世界にいて、身を持ち崩さないでいるのは相当の自制心が必要だ。そして春重は、この業界において数すくない、しっかりと自分を律することができるタイプだ。

だからこそ千晶は、彼を信用していた。将嗣の親友でありながら、あの強烈な男に心酔もせず、影響を受けるでもなく、淡々と仕事のパートナーでありつづけることは容易ではない。

「でもさあ、王将が現役ホストだったの、もう何年まえの話なのよ。あいつ大学出ると同時に店のオーナーになったんだから、ええっと――」

彼は指折り数えて、「十年か」とひとり納得したようにうなずいた。

「十年もまえのこと、いまだに根に持ってるなら、なんでつきあってんの?」

「惰性でしょうね」

きっぱり言いきると、さすがに春重はのけぞった。そしてまじまじと、千晶の顔を眺める。

「なんですか」

「なんか柳島、きつくなった? 俺の知ってる後輩ちゃんじゃないみたい」

「三十にもなりゃ、強くもなります」

笑いながら告げると、春重はため息をついた。

「んで、なに? もしかしてその、移転の話、俺には黙っててくれとか言う?」

「いえ、いいですよ、言っても」

「……いいの?」

意外だというふうに、春重は目をみはった。うなずいて、自暴自棄の表情を隠さず、千晶は言った。

「そうでなくても、薄々勘づいてると思います。この間、別れ話切りだしたら、店でしこたまやられたんで」

吐き捨てるような千晶の声に、春重は「……え?」と固まった。

「たぶん、誰か店の子にも見られたと思いますけどね、おかまいなしですよ。目隠しされたまま、こっちの腰が立たなくなるまでお仕置きされました」

「は⁉」

　春重があわてたように腰を浮かせ、長い脚がテーブルに当たった。がちゃんとコーヒーカップが音を立て、その音に我に返ったように彼はふたたび腰をおろした。

「い、いつの話、それ……」

「つい最近。先輩、新店の話のせいで、あんまり『バタフライ・キス』にいなかったでしょ」

　うわあ、と春重は頭を抱える。うんざりとした表情に、こういうところはさすがに常識人だなと、まるで他人事のように千晶は考えた。

　春重は両親を早くになくし、施設入りも検討された年の離れた弟、一路を育てるため、高校生のころからモデル業を勤め、将来に対してのノウハウを身につけながら奨学金で大学に通ったと聞いている。

　そこそこ遊んではいたようだが、恋愛についてもごく一般的な常識や感性を失ってはいない。それはおそらく、弟を育てる責任感も作用していたのだろう。

「キッツイ話聞かせちゃって、すみません」

「いやまあ、うん。知っちゃいたけど、……またかよ」

「え？　またって」

　妙な含みを感じて問えば、「いや、なんでもない」と春重はかぶりを振った。

「しみじみあいつもあほだね、と思っただけ。ほんとに、なんだかなあ」

気を取り直そうというのか、顔をしかめた春重は眉間を長い指で揉んだ。あほ、という言葉に苦笑してうなずこうとした千晶に、春重は長い息をついてかぶりを振る。

「そんだけ逃がしたくないのに、なんでいじめるかな。俺にはわからんけど」

「さあ……もう、王将については考えることはやめましたから」

つぶやいた千晶の声は冷めきっていた。ふと春重は視線をあげる。なんですか、と首をかしげると、彼は小さくうなった。

「うん、いや、柳島が冷めすぎてるせいもあるのかなあ、とかちょっと思った。もともと冷静だったけどさ、なんか投げやり？」

答えず、千晶はまた薄く嗤った。愚問だったかと、またため息をついた春重は、しばしの沈黙のあとぽつりと言った。

「あのね、あいつは頭と心が複雑骨折してんだよ」

「屈折じゃなくて？」

「ううん。骨折。つながってないの。わりとなんでも、ソツなくやりこなせちゃうもんで、余裕こいてると思われてるんだけどね。ほんとは案外、単純なことしか考えてないよ」

どんな、と問いかけるよりさきに、春重は言葉を続けた。

「金持ってなかったんで、金が欲しい。店はせっかくならでかくしたい。野心家っちゃあそうだし、俺もそこんとこは同じだけどね。てめえが表に出るより、補佐やるほうが向いてるんで、お互い需要と供給が嚙みあってるけど——って、こりゃ、いまは関係ないか」

自分語りしてどうする、と苦笑した春重は、すぐに真顔になった。

「いまね、王将、仕事すっげえ広げてんのね。飲み屋のチェーン展開と、雑誌も別冊立ちあげるし、それに伴ってデザイン会社も作った。ほかにも、新宿に花屋と、夜半受けいれOKの歯医者とかさ」

思っていた以上に手広い事業展開に、千晶は「そうなんですか?」と目をまるくした。

「うん。ぜんぶ夜の商売に関わってくる仕事だろ。業者とあれこれやりとりするより、まとめてぜんぶ牛耳っちまったほうが話早いだろって、そういう発想だけど」

雑誌はインフォメーションとイメージアップに、花屋はむろん、客へのプレゼントやその他に欠かせない。歯医者は、ルックスを気にする夜の世界の人間にとって、こまめなホワイトニングケアをするためにも必要だ。

「どれも『バタフライ・キス』を中心にしたプロジェクトだけど……正直、女落とせばいいだろう的な、前時代的なホストやってたって、さきはそう明るくない。もっとエンターテインメントな産業にして、クリーンなイメージ打ち出さないと厳しいわけ」

「だから、飲み屋?」

あくまでフードとドリンク主体、ルックスのいい店員を揃えて女性客を楽しませる。けれど接客はあくまで店員と客の距離を崩さない。そういう健全な店を増やしていきたいのだと春重は語った。

「もちろんそれは、仕事上の戦略も勝算もあっての話だ。でも、根本のところで、あの生まれつきのホストみたいな男がさあ、ホストじゃない仕事を手がけようとしてる理由を、ちょっとだけ考えてみてくんない？」

「……まさか俺がいやがるからとか、そういうベタなこと言うんじゃないでしょうね」

千晶は鼻で笑った。だが春重は、彼らしく穏やかな、なおかつ内心の読み取れない微笑みで、こう言った。

「だから言ってるでしょ、話は案外単純だよって」


どこがどう単純な話だったのかさっぱりわからないまま、春重との打ち合わせは終わった。けっきょく彼が、異動の件を将嗣に話すのか、黙っていてくれるのか、はっきりとはしないままだった。

（まあ、たぶん、話すんだろう）

春重と別れたあとに夕方近くまで街をぶらついてみたが、渋谷は居心地が悪かった。どうもあの街は若人のためのものとしか思えず、三十男がひとりで時間をつぶすにはむずかしい。

学生時代はそれなりに遊びにきていた気もするが、十年もまえのことだ。数カ月でビルに入っているテナントはおろか、建物自体が変わってしまうような場所では、どこになにがあるのかすらよくわからない。

１０９ビルの大型スクリーンでは、流行りらしいＪ―ＰＯＰのＰＶが流れているけれど、千晶は誰も知らなかった。雑音といっしょに流れていくだけの音楽は、数年後誰の記憶にもろくに残っていないだろう。

けっきょく、書店と大型電気店のパソコンショップをぶらついた。気に入っているミステリ作家の新作を数冊と仕事の専門書を購入し、新型のモバイルをチェックして帰途につくころには、なにもいま買わなくてもよかったと後悔するほど、ハードカバーが疲れた身体には重たかった。

どさりとリビングのソファに腰をおろす。買ってきた本はテーブルのうえに放置したあと、そういえば以前も時間を持てあまして本を買ったものの、けっきょく読まずに終わったことを思いだした。

しんと静まりかえったリビングは広い。何畳あるのか訊いたこともないが、おそらく十八畳くらいはあるのだろう。革のソファやテーブル類は、たしかイタリアのものだ。それも家主である将嗣から聞いたのではなく、似たようなものをたまたまインターネットで見かけたから、推察したにすぎない。

インテリアコーディネーターにすべて揃えさせた、新宿のキング『王将』の城。そして千晶は、もはやちぎれかけの足かせに気づいているのに、出ていきそびれている囚人《しゅうじん》だ。

十二年は長い。別れようと思ったことは一度や二度ではなく、どころかすすんで身を投げ出した形のつきあいでもなんでもないのだ。

何度も逃げ出そうとした。大学卒業、就職した会社の最初の移転、そんな大きなできごとはなくとも、ことあるごとに見せつけられた自分以外の人間との情事。

――それがいやならホストとなんかつきあえない。

春重に冷笑を向けて放った言葉は、ただの嫌味だ。誰が好きこのんで、年がら年中ほかの誰かを抱いている相手とつきあいたいものか。

――十年もまえのこと、いまだに根に持ってるなら、なんでつきあってんの？

問いかけに、彼がホストをやめたあとも、女出入りが引きもきらなかったとは言えなかった。おそらく、店をでかくするため、スポンサーたちとそれなりの『交渉』をしていたことも予測はついている。

やきもきせずにいられるようになったのはむしろここ数年だろう。オーナー業のほうが忙しくなったあの男から、ようやく濃厚かつ不特定多数な女の影は消えた。だが、もはやそのころには、千晶の神経のほうがすり切れてしまっていた。

「仕事でセックスするって、そりゃ売春だろ」

くっと喉奥で嗤うけれど、いまさら傷ついた気分にはならなかった。そもそも、それこそそことの起こりから、将嗣が千晶ひとりでいたことはなかった。

出会ったとき、すでに彼は『王将』という名前を持つ、新宿の顔ともいえるホストだった。

そして覚悟もなにもなく、千晶は激流に巻きこまれ、めちゃくちゃにされてしまった。

「こんな性格じゃ、なかったんだけどな」

乾いた嗤いを漏らしたあと、千晶は両手で顔を覆った。閉じた瞼は熱いけれど、生理的な現象以外で涙ぐむことがなくなって久しい。

かつて千晶の黒目勝ちの目は胸の奥と同じく、潤《うるお》い、揺れていた。それが干《ひ》あがり、涸《か》れきったのは、いったいいつのことだっただろうか。

痛くてつらくて、別れてくれと告げては拒まれ、逃げては追いかけられる、その繰り返しだ。そのたびに捕まえられ、プレイじみたひどいセックスで屈服させられる。

(いや、それは、最初からだ)

出会うはずもなかったふたりが出会ってしまった。ならば早く終わりにしたいのに、それすら許してもらえない。

すり切れた感情をうつろな目に乗せて、千晶は十二年まえのあの日のことを思いだしていた。

＊　　＊　　＊

「え、柳島って、酒飲んだことないの？」

「あ、うん。機会がなくて」

大学二年、二十歳になって、一度も飲み会に出たことがないと告げた相手は、花田《はなだ》という。新学年になり、たまたま大教室で隣に座ったことがきっかけで、先週の講義をサボったせいでノートがないけれど、見せてもらえないかと言われて、話すようになった。

大学内のカフェテラス、日当たりのいい場所を見つけて昼食をとっていたところで花田に捕まった。同じ学科の友人たちとは違い、すこし派手めな彼は千晶にしてみるとめずらしいタイプの友人だったが、話してみると意外に気さくで、ひとがいい。花田もまた、おとなしい千晶のことがなぜか気に入ったらしかった。

そしてころころと変わる話題に、相づちを打っていたところで、飲み会の話が出たのだ。

「なんで？　コンパとかあったじゃん。ゼミとかで誘い、なかったのか？」

派手な金髪にピアス、チョーカーにリングと、装飾品が多い花田はリアクションのたびにちゃらちゃらと音を立てる。見た目からにぎやかな男だと内心苦笑しつつ、千晶は淡々と答えた。

「ぜんぜん暇なかったんだよ。俺、大学のほかに、スクールにも通ってるし」

千晶はひとり暮らしをはじめてからインターネットのおかげで、ＩＴ系に興味を持つようになっていた。この当時一気に勢いを増したあの業種はいろいろと興味深く、学科は文系を選んでしまったけれど、もうすこし知識を得たくて、大学以外にパソコン系のスクールで、プログラム関連の勉強をしていたのだ。

「うあ、超まじめだな、おまえ」

呆れたように言われるのは慣れていると、千晶はうっすら笑った。

千晶は、大学のなかで比較的おとなしく、目立たない存在だった。つまりはごく平均的な、どこにでもいる学生だった。

東京という街は、高校時代、地元にいて憧れていたほど刺激的でもなかった。むろんそういうスポットがたくさんあるのは知っていたけれど、人間はやはり似たようなタイプとつるむ。まじめな優等生だった千晶の周囲は、同じような穏やかな人種が多く、大教室などでたまに見かける派手な連中とは、ほとんど口もきくことはないまま二年がすぎた。

たぶんこのまま、ふつうに勉強してそこそこの成績をとり、そこそこの会社に入って、そこそこの人生を送る。そのことを、なにひとつ疑ってはいなかった。

そんな未来予想図が音もなく崩れ去り、激変したきっかけは、他愛もないひとことだ。

「勉強もいいけどさ、ちょっとは遊んだほうがよくね？　つか、会社入ったら飲みとかつきあわされるし、SEになるつもりなら、人間関係もうちょっとうまくやれるようになってねえと、きついらしいって聞いたぞ」

「そうなのか？」

「先輩がパソおたくでSEになったんだけどさ、クライアントと折衝するのでひいひい言ってんだ。それにけっきょくは会社組織に入るから、やっぱひとづきあいは学生のうちにスキル積んどきゃよかったって」

言われてみればそのとおりだと、花田の言葉に千晶はうなずくしかない。もともと、中学高校も優等生で、学校は勉強合宿があるようながりがりの進学校。ひとづきあいがうまいかと言われれば、素直に「へただ」と答えるしかない。

「てわけでさ、これ、きてよ。会費は千円に負けとくからさ」

「……花田が幹事なのか」

いろいろ言うけれど、要するにひと集めというわけか。呆れて見やったさき、花田は「へへへ」と悪びれずに笑ったあと、両手をあわせて拝んできた。

「いや、まじでお願い。サークルの先輩から最低でも五人集めろって言われてんのよ」

「なんのサークルだ、それ」

「飲みサー。飲みサークル。定期的に宴会するだけで、べつに変なことはしないからさ」

お願いだからきて、と頭をさげる花田の言葉に「変なこと?」と千晶は首をかしげた。そして、目のまえの友人の後頭部が、大きな手のひらにがっしりと掴まれ、ぎょっとした。

「こらぁ花田。逆にいかがわしいだろうが、それ。うちは合コンサークルじゃねえし」

「ひ、檜山先輩、痛いっす!」

からからと笑って登場した男は、背が高く、ものすごく端整な顔をしていた。見覚えのある姿に、千晶はぎょっと息を呑む。

「ども。俺、檜山春重っていうんだけど、おまえは?」

「あ、柳島、です。柳島千晶」

背の高い男の姿に、千晶は無言で硬直するしかなかった。春重はこの当時、学生イベンターのようなことをやっていて、学祭などのイベントを仕切ったり、コンパやパーティーを企画してはそれなりの収益をあげていた。その人脈をうまく活かし、ベンチャー会社をすでに立ちあげているらしく、とにかく学内でもひときわ有名な男だった。

むろん、周囲にも華やかな人種が多く、男も女もルックスがよくて派手な人間しかいない。千晶は、なんとなく身がまえた。こういう、スポットライトが当たる場所にいるタイプというのは、自分とはあまりに違いすぎて、なにを話せばいいのかわからない。

「そう身がまえなくていいって。今回はほんとにフツーの飲み会だし」

「は、はあ」

じいっと凝視《ぎょうし》されて、千晶はますます硬くなる。春重は話すとき、まっすぐにひとの目を見るタイプのようで、それがどうにも落ちつかない。おどおどと首をすくめていると、春重は困ったように苦笑した。

「俺、なんか警戒されてる?」

「あ、いえ。そういうんじゃないですけどあの」

「ああ、もしかして噂《うわさ》、真に受けてんの？」

ぎくりと千晶は身を強ばらせた。春重にまつわる噂では、ギョーカイに伝手《つて》があるだとか、じつはホストなのだという話まであるのは事実だ。

（水商売のひととか、どうすればいいのかわからない）

田舎育ちのまじめな優等生が、世慣れた相手をまえにどうすればいいのだろう。混乱が顔に出たのか、春重はおかしそうに笑った。

「あのね、念のため言うけど、ホストとかやってないよ、俺」

「あ、そ、そうですか」

「うん。まあそのうち店作るつもりでいるけどね。ホストはあっち」

えっ、と千晶は目を瞠《みは》った。そして「あっち」と春重が親指で示したさき、ひときわ派手な男が視界に入ってくる。

「おわ、めずらしい。王将さんきてるんだ」

「こら。ガッコで源氏名言うなよ、あいつキレんぞ」

花田が興奮気味に声をあげ、春重が呆れたようにたしなめる。

「え、だって事実じゃないっすかあ。べつに隠してないでしょ？　この間も、有名ホストの大学生っつって、学内新聞でもインタビュー受けてたし。っつかラジオにも出てたじゃないすか」

「そんでもべらべら言うことじゃないっつの」

千晶はふたりの会話の半分も耳に入っていなかった。ただただ、はじめて間近に見る、学内で噂の的の人物の姿に、圧倒されていた。

(なんだ、あれ)

春重もかなり派手な顔をしていると思ったけれど、王将と呼ばれた男はオーラが違った。真っ黒な、すこしウェーブの入った長めの髪を春風に乱した彼は、気だるそうに立ったまま、まとわりついている女の子たちをつまらなそうに見おろしていた。

それが突然、春重の存在に気づいたのか、ふいと視線をこちらによこした。偶然のように千晶と目があい、その瞬間、腰の奥になにか、ざわっとした震えを感じた。

時間にすれば、ほんの数秒のことだろう。まばたきもできないまま、目のなかに吸いこまれそうになっていると、彼がほんのかすかに口の端をあげる。

笑ったのか。そう感じたとたん、かっと頬が熱くなり、千晶はあわてて目を伏せた。

(なんだ、あの目……)

王将の長い睫毛《まつげ》の奥の濡れたような目。ほんのすこし視線を動かすだけで、その場にいる誰もを圧倒するほどの色香は、尋常《じんじょう》なものには思えなかった。

「うへ、相変わらずすっげえフェロモン。新宿のキングは伊達《だて》じゃないっすね」

花田が感心したようにつぶやき、そうか、あれがフェロモンというものかとぼんやり思った。

だが花田は、あの存在に慣れているからだろうか、千晶が受けたような衝撃をいっさい感じてはいないらしい。

(なんで？　なんか、怖い。あのひと)

混乱し、黙りこんでいた千晶に気づいたのは春重のほうだった。

「……毒気にあたった？　悪いね、あいつ、いるだけであの調子だからさ。あんまりびびらなくても、そんなに害はないし」

「あ、いえ……」

友人をあからさまに警戒した千晶に、気遣うような声をくれた。失礼なのにこちらの態度だったとあわててかぶりを振り、けれどやはりどうしようもなく怖くて、千晶は小さな声で問いかけた。

「今度の、その、飲み会。あのひと……くるんですか？」

「ううん、こないと思う。その時間、あいつ、お仕事だから」

おそらくホストの仕事だろう。実体などろくに知りはしないが、女性に対して酒を勧め、その魅力でサービスをする仕事は、千晶には健全とは思えなかった。

(好きじゃない、ああいうの)

視線が絡んだ一瞬、値踏みされたかのように感じた。そしてあの、笑いとも言えないかすかな唇の歪みは、嘲笑のようにしか思えなかった。きっと、地味でダサい千晶のことを、内心で

はばかにしているのだろう。

「あのひとが、こない、なら、行きます」

「うっわ、きらわれたなあ、あいつ」

もごもごと失礼なことを告げたのに、春重はからからと笑った。そして「俺のことはきらうなよ?」と千晶の頭を気やすく小突いてくる。

「きらうとか以前に、あまり、知らないので」

「冷たいなあ。じゃあ知ってよ。うん、お近づきになるためにも、きみは飲み会にきなさい。決定ね、先輩命令」

ほっとして、千晶は「わかりました」と言った。にやっと笑う春重のことは、好きになれそうだと思った。軽く見せかけているけれど、気遣いもできるし、なにより千晶をあんな目で見たりしない。

(……あんな目?)

反射的に頭に浮かんだそれが、あの濡れたような黒だと気づいて、自分にあわてる。ただ一瞬、目があっただけの見知らぬ男。どうしてこんなに気になるのか、まったくわからない。

(たぶん、あんまり人種が違うから。怖いんだ)

近づいたらなにが起こるかわからない。大学生のくせにホストなんかして、たぶん、あの場にいる女の子たちも全員、彼のお手つきなのだろう。爛れてるし、不健全だ。苦手だと思う。

それでももう、二度と関わることもあるまい。春重と知りあいになれば、顔くらいは見かけるかもしれないが、基本は友人の先輩の友人、はっきり言って他人だ。

(うん、関係ない)

どうしてか何度もそう言い聞かせ、千晶は心の平穏を保とうとした。

それがなにかの予兆であるなどと、思いたくはなかった。

＊　＊　＊

またたく間に日はすぎて、くだんの飲み会が行われた。場所は学生でも懐《ふところ》の痛まない、リーズナブルなチェーン店。わらわらとにぎやかにグラスを交わし、つまみをつつく。

そのなかで、千晶はひとりぽつんと座っていた。

(花田のやつ……)

花田は自分を引っぱってきたくせに、あっという間に顔見知りを見つけて飛んでいってしまった。もともと酒の席などはじめてのうえ、知らない人間ばかりで、千晶はまったく身の置き場がなかった。

しかたなく、手持ちぶさたで最初に注文したチューハイをちびちびとすすっていると、春重がなにやらちょこまかと動きまわっているのに気づく。なにをしているのかと小首をかしげて見ていると、あちこちに散ったグループに話しかけては、すぐに次へと移っていた。

（なんだ、あれ。アンケート……？）

彼の去ったあと、それぞれの手元にはA４くらいのコピー用紙が残されている。いったいなんのためだろうと不思議に思いながら眺めていると、空席だった隣に誰かが座る気配がした。

「煙草、いいか」

「あ、はい、どう――」

どうぞ、の声が途中でとぎれたのは、その相手が相手だったからだ。きつそうな煙草の香りが漂ってきて、千晶は目をしばたたかせ、呆然と口を開いた。

「お、王将？」

「初対面でひとの源氏名呼び捨てかよ」

ふっと、ひとを小ばかにしたような笑いを浮かべて指摘され、「す、すみません」とあわてて謝る。そして、空席はいくらでもあるのに、なぜここに彼が座ったのか不思議になった。

ルーズに胸元を開けた深いグリーンのシャツに、ジーンズというでたちは、とくに派手なファッションではない。それなのに、常にアクセサリーを身につけている花田よりも、よほどゴージャスに感じられるのは、本人のルックスとオーラのせいだ。

すこし重たげなくっきりした二重の瞼。顔は彫りが深く、頬骨も高くて、端整というにはあくが強い。顔のきれいさで言えば、春重のほうがよほど整っているだろう。

なのに吸引力がものすごい。できるだけ目をあわせないようにと顔をうつむけているのに、意識がどうしても隣の男へと引っぱられるのを感じる。

（こういうの、カリスマがあるとか言うのか）

二十年の短い人生で、こんな強烈な人間と会ったことがない。いったいどうすればいいのかわからず、ひたすらグラスの中身を流しこんでいると、あっという間にカラになった。

そしてちらりと見やれば、彼の手元にはなんのドリンクもない。

「あ、あの……なにか、注文しますか」

「なんでおまえが？」

隣に座られ、ようやく話したと思えば、また小ばかにしたように笑われた。さすがにむっとしつつ、千晶が「後輩が動くのが筋だと思うので」と告げると、彼がくっと笑った。

「後輩じゃねえよ。学年はいっしょだ」

「えっ？　で、でも」

「二年、留年してっからな。バイトに力いれすぎた」

同い年には見えないと言うより早く、彼がそう答える。千晶は眉をひそめた。

「じゃ、やっぱり年上じゃないですか」

「ひとの源氏名呼び捨てといて、いまさら先輩後輩ごっこか？　体育会系には見えねえけど」

「……すみません。お名前を知らないので。ついでに言えば、目上は一応敬うようにしつけられましたので」

つっけんどんな言葉に「どこが敬ってんだよ」と彼は笑った。今度の笑いは、意外に素直なものだった。

「将嗣だ。柴王将嗣。客じゃねえんだから、王将って呼ぶな」

「じゃあ、柴王先輩。オーダー頼んできますから、なにがいいですか」

とりあえず素直に言いつけに従い、千晶は腰を浮かそうとする。とにかくなんでもいいから口実をつけて、この男のそばを離れたい。だがそうできなかったのは、いきなり腕を掴まれたからだ。

「オーダーはそのうち店員が取りにくるだろ。おまえは座ってろ」

「でも、喉が渇いたので」

「そんだけジュース飲んでて?」

将嗣が顎で示したのは、さきほどまで千晶が苦労して飲んでいたカルピスサワーだ。

「ジュースじゃありません。ちゃんと、アルコール、はいって……」

掴まれた腕を引き抜こうと苦心しながら、膝立ちのまま抵抗していると、ぐらっと目がまわった。ふらついた身体がバランスを崩すより早く腰のベルトを掴まれて席に戻される。

「こんなジュースで酔うのかよ。どんだけ弱いんだ」

「の、飲んだこと、ないので……」

座ったのだから用はないと思うのに、なぜか王将は千晶の腰に手を添えたままだ。まるでもたれかかるようになった体勢から逃げたいのに、ぐらぐらと目がまわって動けない。

「あっれ。もしかして柳島、酔っちゃった？」

頭上から、聞き覚えのある声が聞こえた。だが王将に腰を抱かれ、まるで抱きしめられるようにしたままの千晶は、もう半分目が開かなくなっている。

「飲んだことねえんだとよ。……それはともかく、データ取れたのか、春重」

「わりと。あとで集計してみっけど、まあまあね、この店。都内のこのあたりはかなりまわったから、あとは――」

春重と将嗣の会話がどんどん遠くなり、瞼は睫毛に分銅でもついているのかというくらいに重い。

たった一杯のチューハイで眠りこんだ千晶はその後のことをまるで、覚えていなかった。

さらさらと、なにかやさしいものが髪を梳いている。火照った頬やこめかみに、ひんやりと触れるのは誰かの指だ。

うっすらとまぶたを開けると、目に入ってきたのは誰かの長い脚。ついで、濃厚なあまい香りを嗅ぎとり、千晶はうっとりと息を吸いこんだ。

(いいにおい。それに、なっげえ脚……ていうか、脚？)

はっと目を覚ますと、雑然とした居酒屋の光景が視界に飛びこんでくる。ようやく覚醒した脳で状況判断をくだすと、初対面の男の膝を枕に横たわった自分がいて、パニックに陥った。

「……え!?」

がばりと起きあがると、まだ眩暈がした。周囲にはほとんど誰もおらず、残っているのは対面の席でにやにやする春重と、泰然《たいぜん》とした将嗣のみだ。

「お、俺、迷惑かけましたか？」

周囲の様子からすると、どうやら、とっくに飲み会は終了していたらしい。真っ青になって問いかけると、将嗣はあの読めない表情で、さらりと言った。

「二時間動けなくて、脚が痺れた」

「す、すみませ……」

「ゲロは吐かれなかったけど、よだれは垂らしたな」

長い脚を包んだジーンズはおそらくブランドものかビンテージだろう。ひっとひきつった千晶はあわてて自分の口元を拳で拭う。

「俺を枕代わりにした野郎は、さすがにはじめてだ」

もう謝る言葉すら出てこないまま、千晶が硬直していると、「悪いと思うなら」と続けた彼の長い指が茶封筒を差しだしてくる。

「おまえこれ、パソコンで集計してデータ作れ。勉強してんなら、できんだろ？」

「は……はあ」

千晶は目をしばたたかせた。なぜ知っていると言いかけて、情報収集は花田あたりかと察しがついた。

中身は、ごっそりと集まったアンケート用紙だ。ざっと目を通したそれは、千晶の予想どおり、メニューについての意見、価格が高いか安いかに関してのコメントつきチェック項目など、十項目ほどにわたっている。

（そういうことか）

この飲み会に自分が誘われた理由がおぼろげに摑めてきて、却って納得した。しかしそれならそうと、ふつうに頼んでくれればいいものを。

「いつまでですか？」

「明日……は無理だろうな。いつまでならできる」

「どういう書類を作るかによります。コメント別に書類にまとめるだけでいいのか、データの集計と、グラフなんかも作ったほうがいいのか指示してくれないと」

「そんなもん、てめえで考えろよ。わかりやすくまとめてくれりゃそれでいい。今週中に」

どういう横暴さだ。用紙の数はどう考えても百枚はくだらないし、今日いちにちで集めたもののようには思えない。そもそも、今週と言われてもこの日は木曜日で、あと数日しかないではないか。反論しようとして、けれど続いた将嗣の言葉に、かちんときた。

「できねえならできねえって言え」

ひとにものを頼むのに、どういう言いぐさだ。言うべきことは言わせてもらうと、千晶は思いきり顔をしかめてやった。

「やりますけど今週中は無理です。土日休みの間に仕上げて月曜に渡します」

「あ、そ。じゃ、携帯貸せ」

硬い声にもまったく動じず、将嗣は手を出してきた。「持ってません」と千晶がさらに不機嫌な表情を見せたが、それにも彼は取りあわず、アンケート用紙の入った袋からボールペンを取り出すなり、千晶の手首を摑んだ。

「ちょっと、なん……なにすんだ！」

「おいおい王将、それはちっと乱暴じゃない？」

手の甲に、いきなり十一桁の数字を書きつけられ、千晶は呆然となった。口を挟むことなく、にやにやと笑っていた春重も、さすがに苦笑する。

「これで忘れねえだろ。電話してこい」

「あんたなあっ」

「目上は敬うんじゃねえのか？」

あてこすられて、唇を嚙んだ千晶は呻くような声で嫌味を言った。

「申し訳ありませんね、柴王先輩」

「学年はいっしょだろうが。気持ち悪いからわざとらしい『先輩』はよせ。将嗣でいい」

見下すような目に、やはりこいつは好きになれないと思う。

なのに、見つめられると目が逸らせない。息苦しく、胸の動悸がひどくなる。千晶はそれを恐怖と不快感だと思った。それから、雄として優位な相手に対する屈辱感だと決めつけた。

「使えるかどうか、俺に証明してみせろよ」

あざけるような言いざまに、なぜ自分がと思った。けれど尻尾を巻いて逃げるのかと目で挑発され、それも悔しくてうなずいてみせるしかない。

そのことで、完全にお互いの立ち位置が決まってしまったことを悔いても、遅かった。

＊　＊　＊

飲みサークルが、春重と将嗣が将来考えている仕事のリサーチのためだと知るのに、そう時間はかからなかった。

ホストクラブでアルバイトをしながら、人脈を拡げ客を捕まえる『王将』と、そのサポートのためにサークルを作り、ベンチャー企業まがいのイベンターをこなす春重。ふたりのコンビネーションは、千晶の目には鮮やかで、いちいち命令形の将嗣に腹を立てつつも、大学で勉強しているだけでは味わえない仕事に、おもしろみを感じていたのはじっさいだった。

春重の、すこしずるいけれど明るい人柄はきらいではない。いろいろと事務関係を任されるのも、楽しいと言えなくはなかった。

とはいえ、将嗣の王様ぶりには、かなり不愉快なものを感じていた。

その日も、千晶が学食でコーヒーをすすっていると、唐突に現れた将嗣がそっけない声で命令を出した。

「千晶、これやっとけ」

ばさりと渡されたのは新しいアンケート用紙で、むっとしたまま千晶は自宅から持ってきたノートマシンを立ちあげた。飲みサークルやその他イベントでのアンケートを集計するため、彼らのためにエクセルで専用のマクロを組んである。あまりに何度も頼まれるため、そうしたほうが楽だと気づいたのだ。

おまけに、いつどこで現れて用件を言いつけられるかわからないため、最新機種のモバイルを持って歩く羽目になっている。というより、それを購入した将嗣に、押しつけられたのだ。

「おまえ、すっかり気にいられちゃったねえ」

花田は羨ましそうに、春重は苦笑いでそう告げるけれど、気に入りなどとんでもない。

(なんで俺が)

顔にそう貼りつけて、一心不乱にデータを入力する千晶に、友人と先輩は同情混じりのため息をつく。

「悪いねホント、毎度毎度」

「そう思うなら、事前に予定くださいよ」

将嗣といっしょに現れた彼は、さすがに申し訳ないと思うのか、なにくれとなくフォローしてくれる。いまも学食の片隅でキーボードを叩く千晶が不憫《ふびん》だと思ったのか、「奢《おご》ってあげるから」と告げ、コーヒーと人気メニューの手作りケーキを貢《みつ》ぎ、向かいの席に座ってくれた。

「ああいう性格だからさ、悪いけどあきらめてよ」

「あきらめるっていうか、先輩がもうすこし手綱《たづな》握ってくれればいいじゃないですか」

千晶がいらいらと告げると、春重は「できるわけないじゃーん」と笑う。

「それに、あいつ、信用してない相手にはなにも任せないんだよ。そこは汲んでよ」

「べつに頼んで信用してもらったわけじゃないし」

目上相手にどういう口のききかただと自分でも思うが、この鬱憤《うっぷん》をぶつけ、愚痴を聞いてくれるのは、春重以外にない。『王将』をあがめる花田などは「使ってもらえるだけすげえ」と千晶に嫉妬までする始末で、てんで話にならないのだ。

(つうか、ただのパシリだっつうのに。代われるもんなら代わってくれ)

データの入力は毎度のことで、慣れてきたからいいものの、それ以外のことはどうにも承伏できないことが多かった。

——千晶、代返。

——千晶、これ買ってこい。

——千晶、レポート書いとけ。

彼の言葉はいつも短い。そして言うなりきびすを返すので、千晶は否も応もなく、その命令に従う以外なかった。大学の出席カードを代わりに出したり、レポートを清書させられたり、買いものに行かされたりと、ほとんど使いっ走りの状態なのだ。

当然、周囲からも、完全に『王将のパシリ』と見なされている状況が、いやでたまらない。

花田はこの状況の、いったいどこが羨ましいというのか。

いらつきながら、最後のデータを入力し終わったところで、まるで見計らっていたかのようにふたたび将嗣が現れた。

「終わったか。千晶、さっさとこい」

「まだプリントアウトしてません。事務室でプリンター借りてこないと——」

「あとでいい。早くしろ」

だからなんで俺が。そのひとことを呑みこむのは、言うだけ無駄だと思い知らされているからだ。腕を引っぱって立ちあがらされる。春重に助けを求めるように視線を向けても、同時に立ちあがった彼は苦笑いでかぶりを振るだけだ。

「どこ行くんですか」

「エタン」

そっけない声で告げられたのは、渋谷のクラブの名だ。ほとんど引きずるように連れていかれつつ、そんなところに行きたくないと千晶は眉をひそめた。

「なんで俺まで。データをまとめるだけなら、あとになって書類なり渡してくれればいいだけじゃないですか」

口にした言葉は道理だと思うのに、彼はリサーチの場に千晶を連れていきたがる。むろん、そこにはある種の『仕事』があるのはわかっていたが、それこそがいちばんいやなのだ。

「また、虫除《よ》けですか」

「わかってんなら訊くな」

にべもない返事にはもう、ため息しか出なかった。

酒の入る場ではなおのこと、大胆になった女たちがべっとりとへばりついてくる。まき散らしたフェロモンに、蝶や蛾《が》が寄ってくるのは自業自得だと思うが、この男は望んでいない秋波を鬱陶しがるのだ。

そこで、冴えない後輩をひとり連れていき「こいつの面倒を見るから」という理由で、ついてくる女たちを振り払う。

「恨まれるの、俺なんですけど」

「どうせその場限りの相手ばっかだ。べつに、なんちゃねえだろ」

将嗣の言葉に、千晶は不満の声を呑みこんだ。言うだけ無駄だからだ。

本当に彼の言葉どおり、『その場限り』だったら、千晶もべつにかまわない。けれどじっさいには、同じ大学の連中だっているし、「あんた邪魔」と女たちに文句を言われることもざらなのだ。

好きでいっしょにいるわけでもないのに、どうして睨まれなければならないのか腑に落ちないし、基本的に穏やかに生きていたい千晶は、見当違いの恨みをぶつけられるのがしんどくてたまらない。

（気が重い）

いったいいつまで、この下僕生活は続くのだろう。そしてなぜ、この大きな手を振り払って逃げないのか、自分でもだんだんわからなくなってくる。

最初は、あまりの強引さにめんくらい、逆らい損ねた。自尊心を逆撫《さかな》でされ、売り言葉に買い言葉でデータ入力を引き受けた。そして気づけば慣例のように引きずりまわされ、もういやだと思いながら、やめるきっかけを見失っている。

だが、たしかに花田が言うように、他人が羨ましがる理由もわからないではない。

賃金こそもらってはいないけれど、くだんのノートマシンは千晶のために買い与えられ、データ入力以外はそれこそ好きに使っていいとも言われている。

――貸してるわけじゃねえ。必要な道具はやるから使え。

所有権はおまえにあると言われても、この当時のノート型マシンは安いもので三十万はする代物だった。学生にはおいそれと手が出せるような代物ではなく、それをぽいと買い与えてくる将嗣のことが、正直不気味にすら思えた。

(こんなもの持たされたら、逆らえるわけがない)

いっそ、過分なアルバイトだと割りきればいいだけの話だというのもわかってはいるのだ。だがどうにも感情が納得できないのは、彼らがあまりに目立ちすぎるということもある。

(目立つな、相変わらず)

連れ歩かれると、ものすごい勢いで注目を集める将嗣と春重の姿にいやでも気づかされる。そしてツレの地味な姿に驚かれ、怪訝な顔をされるのにも、だいぶ慣れてきてしまったとはいえ、気が重いのには変わりない。

そして、九十パーセント憂鬱でいるのに、これだけ華やかな男たちといっしょにいる事実は、やはり優越感をくすぐられないとは言えなかった。学生なのにすでにしっかりと将来にビジョンを据え、事業を——たとえそれがホストクラブでも——はじめる準備をしている彼らに、感嘆の念をまったく覚えないと言えば嘘になる。

それでもやっぱり心労は多いし、面倒くさいし、疲れるのも事実だ。

「柴主先輩、勘弁してくださいよ、ほんとに……」

うんざりした声で目を逸らすのが精一杯の千晶を、将嗣はあの読めない目でじろりと見た。

「将嗣だっつってんだろ」

「んじゃあ将嗣先輩」

「先輩はいらねえよ」

いつまで経っても逆らう後輩が、たぶん彼のカンに障るのだろう。わかっていて、彼のいやがる呼びかたを、千晶はなかなかあらためなかった。

ひとこと言えば、誰でもかしずくような男相手に抗うのは、自分だけだ。

そう思うと、ほんのすこし気分がいいのはたしかだった。——そんな複雑な自尊心だけが、千晶から将嗣を見限らせない理由だと、本当にそう、思いこんでいた。


新しくオープンしたばかりのクラブは盛況で、相変わらずなじめない空気のなか、千晶は奥まった位置にあるVIP用のソファにひとり腰かけ、ちびちびと薄いカクテルをすすっていた。

この日のテーマは『ディスコ』だそうで、九十年代初頭に流行った曲がかかっていた。ハウスだかトランスだか知らないが、耳をつんざくような音は神経に障る。そして、連れてこられてほったらかしにされるのも毎度のことだし、場に不似合いな服——キャンパスカジュアルと言えば聞こえがいいが、要するに地味な自分の姿に、気後《きおく》ればかりが募る。

（ひと連れまわして、自分はナンパかよ）

毎度のことながら、鈴なりになったオンナたちが将嗣の両腕にぶらさがっている。いや、いまは思わせぶりな笑みを浮かべているから、あれは『王将』の顔なのだろう。

そう長いつきあいでもないが、数カ月も引きずりまわされるうちに、彼のオンオフのスイッチの切りかえが激しいことにはいやでも気づかされた。

素の将嗣は、案外無口であまり笑わない。口調もぶっきらぼうだし、皮肉なことばかりを言う。けれどひとたび営業モードになれば、どこまでもあまったるく笑ったり、相手の機嫌を取るのも得意だ。

「……疲れないのかな」

「うん、疲れると思うよ」

ぽつりとつぶやいた言葉は、ひとりごとのつもりだった。だが耳元で穏やかな声で返され、千晶はぎょっとする。

「うわ、びっくりした！」

「びっくりすんなって」

いつの間にか隣にいた春重が、「おかわりどーぞ」とロングカクテルを差しだした。軽く会釈して受けとり、オレンジジュースにほんのすこしウォッカが混じっただけのそれをすする。

「で、どう思う？　この店」

「うるさいです」

　やかましい音楽が鳴り響いているので、会話は耳打ちだ。率直な返事に春重は喉奥で笑いを転がす。

「柳島は変わらないねえ。どんだけ俺らが連れまわしても、マイペースだし」

「というか、俺がここにいる必要性を感じないんですけど」

「でも、現場見てデータ見ないと、集計もちゃんとできないでしょ」

　言われる言葉はもっともで、不承不承うなずく。アンケートもどきのデータ収集は、こんな酒の入った席で、必ずしもまともに集められるわけではない。酔いに任せて殴り書きした、主語がすっぽ抜けたコメントや、店の実態を知らなければ意味が通らない言葉も多々あるからだ。

「花田とかのほうが向いてると思うのに、なんで俺にアシスタントやらせるんですか」

「あいつは遊んじゃうもん。柳島はまったくこういうの興味ないから、冷静でしょ」

　言われてしまえばそのとおりなので、口を尖らせて黙りこむしかない。

（バイトだ、バイト）

　いずれリサーチの仕事は終わるだろうし、そのときにはあのノートマシンは千晶のものにしていいと言われている。卒論をまとめる際にも有効に活用できる。

　二年後に待つ卒業のとき、おそらく彼らは起業する。そうなれば、千晶のような人間を下っ端として使わなくても、いくらでも社員が雇えるだろう。パシリのアルバイトならまだしも、本格的に仕事が稼働してしまえば、千晶などなんの役にも立たない。

（どうせ、データまとめるくらいにしか、使えないし）

なんだかちくりと胸が痛かったのは、けっきょく将嗣や春重につり合うような人間ではないと思い知っているせいだ。

人種が違う、なんて言葉を痛感する羽目になったことは、二十年の人生で一度もなかった。同じようなタイプに囲まれ、穏やかに静かに生きてきたのに、なぜこんなどかどかとうるさいクラブの片隅で、縮こまって酒を飲んでいるのだろうか。

物思いにふけっている間に、春重はどこかへ行ってしまった。また手持ちぶさたになり、ごくごくと喉を鳴らしてカクテルを飲む。煙草をやらない、当然踊りもしない千晶は、この手の場にいると飲む以外にすることがなにもない。

いくら薄目に作ってあるといっても、酒は酒だ。二杯、三杯とすごせば徐々にまわってくる。はふ、と熱っぽい息をついて、すこしぼやけた目で見るともなしに見つめたさき、取り巻きのひとりから選んだ女を抱いて身体を揺らす将嗣の姿があった。

将嗣の抱いた女の肉付きのいい腰に、薄いスカートが貼りついていた。そのふたつのまるみを包むようにした大きな手は、卑猥という以外形容のしようがない。

どうやら『ディスコ』にちなんでチークタイムを作ったらしいと、千晶は酔いのまわった頭で考えた。

（でもチークタイムって八十年代ディスコだろ。年代のコンセプト違うんじゃねえの？）

遊びに疎い千晶でもそれくらいはわかるが、あちらこちらで男女がぴったりと身を寄せて、スローナンバーにあわせて揺れているのを見れば、不毛なツッコミだと知れた。要するにナンパタイム——そして、このあとの展開を見越した時間ということだろう。

(外国映画とかだと、駆け引きの会話とかがありそうなもんだけど)

名前のとおり、頬の触れる距離でのダンスのはずだ。しかし、いま目のまえで展開されているのは、そんな大人の機微だの色気だのにはほど遠い、動物じみた性欲のぶつけあいだ。股間を押しつけあい、胸を揉んだり尻を掴み、ひとによってはもっときわどい真似までしている。

(乱パかよ。勘弁してくれ)

そして千晶はといえば、男女のさもしい貪りあいを、ひとり酔っぱらって眺めているだけ。本当に自分はなにをしているのだか、ばかばかしくてなんの感情も動かない。

座り心地のいいソファに身体を埋めたまま、ぼうっと見つめたさき、長い髪に顔をよせ、なにごとかささやいていた将嗣が、視線を感じたように顔をあげた。

ふ、と肉厚の唇が笑う。見せつけるように女の尻を掴んで思わせぶりに腰をすりつける動きはなまめかしいを通り越して、まるでセックスそのものだ。

いらだちと不快感を覚え、千晶は目を背ける。通りがかった、新入りらしい店員に「同じの」とグラスを振ってみせ、ほどなく届いたそれをぐいと呷《あお》ったとたん、酒の強さに眩暈がした。

（やばい。薄めてもらうの忘れた）

酔いの下地ができていたおかげで、一気にまわった。このままでは、また眠ってしまうかもしれないけれど、とりあえずいまはひとりだ。あの日は二時間くらいで目が覚めたし、それくらいの時間、まだ彼らはこの場所にいるだろう。

ほっとかれるなら、それはそれで、もう——どうでもいい。投げやりな気分で目を閉じたとたん、すごい勢いで眠りに落ちた。

＊　＊　＊

千晶の意識が浮上しはじめたころ、ねっとりと耳に絡むスローナンバーは、もう聞こえなかった。

その代わり、なんだか甲高《かんだか》く、妙に切れ切れの声がする。

「ねえっ……ねえ、いいの？　起きちゃう、あっ、かも」

「ほっとけよ。ぐっすり寝てんだろ」

はっはっと犬のような息づかいがする。うるさい。酒が入ったままの頭は重く、鈍く痛んでたまらなく不愉快だ。

「だって、だって、見られたらあ、ああ、あ」

「うっせえよ、もっとケツ振れ、ほら」

今度はぎしぎしという音と、なにか粘っこいものを混ぜあわせるような音がする。ああん、ああん、とすすり泣くような声がそこに混じり、千晶の意識は一気に覚醒した。

（……嘘だろ）

薄闇のなか目を開けると、そこは見たこともない部屋だった。まず目に入ったのは、質のよさそうなローテーブルの脚。それから、ソファとおぼしき革張りの壁。どうやら、床に敷かれたラグのうえに自分が転がっていることだけは見当がつく。

周囲には酒瓶と空き缶が転がっていて、煙草の残り香が酔いざめの鼻に苦い。それからなにか、異様な——なまなましいにおいが鼻先を突いた。

「あああああっ、あっ」

がたん！　と音がして、目のまえのテーブルが揺れた。びくっと震えた千晶は、反射的にその音のしたほうを見あげてしまう。

そして、後悔した。

「ああ、いい、すごいっ、すごいの、いいのっ」

「なにがすげえんだよ」

軋む音、粘着な水音のすべては、千晶の転がった床の真上からだった。とんでもない角度で見せつけられた男女の交合は、酔いにくらんだ頭にもあまりに衝撃的だ。

（なんだ……これ）

将嗣はソファに深く腰かけ、女はその身体にしがみつくようにして、うえに乗っている。尻は半分ソファから落ちかけて、さきほどの衝撃音は肉付きのいいそれがテーブルにぶつかった音だとわかった。

千晶は静かに息を呑み、状況判断もできないまま硬直した。女のあえぎはうるさいほどで、その音が聞こえたとは思えないのに、将嗣の目はたしかに、こちらを見た。

（あ……）

ふたりとも裸だった。ぜんぶが見えていた。女の濡れきった膣も、そこに埋まった、コンドームのついた凶悪なくらいのペニスも、絡みあうような下生えが湿って束になっていることも。淫猥すぎる音を立てたそれが、どんなふうに動くのかも、まざまざと見せつけられた。

千晶はふだん、ろくにAVも見たことはない。女性経験は上京してすぐ、同じ学部の彼女ができたとき、数回ほどぎこちないセックスをしただけだ。お互い似たような性格で、つまりは恋愛に向くようなパッションは薄かった。処女だった彼女はセックスを痛がってばかりで、千晶もすこしも技術向上に努める気はなく、けっきょくはそれが原因で別れた。

もともと、淡泊なのだと思いこんでいた。なのに目のまえで、なまなましすぎていっそ醜悪なくらいの性行為を見せつけられて、どうしてか千晶は勃起していた。

（嘘だ、嘘だ、嘘）

知人――友人というには彼は遠すぎる――のセックスを見て勃つなんて、どういう状態だろう。なにより、千晶がこうしてこの場にいるのに、全裸になって絡み合える彼らの精神構造もわからない。

気持ち悪い。変態じみてる。そう思うのに目が離せなくて、かたかたと小さく震えた千晶を見おろした将嗣は、あの濡れたような目をゆったりと細めた。

「ひ……」

ごく小さな声は、女の嬌声にまぎれた。けれどそんなことは、なんの意味もない。

うっすらと笑った男の長い脚のさきが、横向きに転がっていた千晶の腿を踏んだ。びく、と震え、冷や汗を流しながら身じろぎひとつできないでいる千晶を、彼はじっと見おろし、そして――千晶の股間をやわらかに、踏んだ。

同時に、絡みついてくる女の身体をひときわ強く揺すりあげ、激しく悶えさせる。

「ああっあっ、いいっ、いっ」

「おら、アリサ、なにがいいんだ？　あ？」

千晶はまばたきもできず、サディスティックな言葉で女をなぶり、腰を突きあげる姿を見あげた。じりじりと自分の股間を器用に踏む男が、なにをしているのかもわからないまま、息が切れはじめる。

（うそ……）

足裏で転がされ、足指が千晶の先端の位置を撫でる。屈辱的で常軌を逸した、けれどたしかにそれは、愛撫だ。強制的にいまこの時間、セックスに参加させられてしまった自分を知り、千晶は眩暈を覚えた。

その間にも、ソファのうえで弾む女の口からはあまい悲鳴が途絶えない。

「お、王将の、アレ、あれがっ、あっ」

「アレってなんだよ、気取っててんじゃねぇよ。はっきり言え、おまえのどこにはまってんだよ」

「あっ、あああ、あたしの、お、——っに、ああ、すっごい……っ」

下劣で強烈な淫語を口にさせ、音を立てて女を犯しながら、将嗣の足指は千晶のそれをまるで揉むように踏みつけてきた。はあはあという息はもはや、ソファのうえだけではなく、千晶の唇からも漏れはじめている。

(なんで)

「ああいく、いく、いかせてぇ、もういか、いかせて」

「まだだ。もっと感じろ。……こっち見ろ、ほら」

ひいひいと泣きながらしがみついている女ではなく、将嗣は千晶を見ている。愉しそうに、冷酷に笑って足先を揺り動かし、膨らんだそれをいたぶるようにしながら、腰を揺する。

「よさそうな顔して、もっといじめてほしいのか?」

(いやだ、いやだ、やめろ)

「嘘つけ、もっとだろ、ほら」

(やめてやめてやめて、しないで)

「泣きそうな顔すんな。……もっとだろ」

合間合間に答える女の声はもう聞こえない。これはプレイの一種だと、底光りする目に告げられ、状況の異常さもなにもかもわからなくなるくらい、千晶も高ぶっていた。

身体が強ばり、全身が汗をかいている。目のまえで行われている行為に呑みこまれて、誰が誰を犯しているのかもわからなくなる。

いや——視線で、足先で、その瞬間千晶はたしかに、将嗣に犯されていた。深く、あともどりできないところまで。

「そろそろいくぞ……なあ、ほしいか?」

(いやだ、いらない、いらない、いらないっ)

「いや、じゃねえよ。ほら、突っこんだとこ見ながら、いけよ。ほら、ほら……ほら!」

ものすごい悲鳴があがって、がくん、と女が崩れ落ちた。千晶は唇が切れるほどに噛みしめたまま、ぐりりと転がされた足の裏、自分のボトムと下着がじわりと濡れるのを感じて、身を縮める。

いまの状況が信じられなかった。なにが起きたのかもわからず、混乱したまま力なく震えていると、力なくだらりとした女を二、三度突きあげ、将嗣が自分の身体を抜き取る。

そして、半分気を失った女の頬を軽く張った。

「アリサ、起きろ」

「いや……あっ、ああ、もっと、ねえ、もっとして……」

「ラリってんじゃねえよ。ったく、キメてるって知ってりゃ、その辺に放ってきたっつうの」

細い腕を取って、何度か乱暴に揺さぶるけれど、アリサと呼ばれた女はへらへら笑って動かない。だらりとした身体を無理に起こさせ、「シャワー浴びてこい」と将嗣は命じた。

「はあーい……うふ、ふふふ」

奇妙な笑い声をあげて、全裸のままの彼女は部屋を出て行った。なまぐさいようなにおいと沈黙に包まれた部屋のなか、将嗣がふたたびソファにどさりと腰かける。

「おい。千晶」

いまだに混乱したまま、小さく身をまるめていると、足先で身体を小突かれた。見ろ、と命じられているのがわかり、真っ青になったまま顔をあげると、彼が避妊具をはずしている最中だった。まだ勃起したままのそれは信じられないほど大きく、千晶はとっさに顔を逸らす。

貧血を起こしそうなくらいショックなのに、顔が熱い。

「いまさらそんな顔しても無駄だろ。いったくせに」

「なんで……」

「あ?」

「なんで、こんな、悪趣味な、こと」

からかうにしたって、最悪だ。ぬめった下着はすでに冷えはじめて、不快感もひどい。おかげで身動きするのもはばかられて、千晶はなおも小さくなろうとしたけれど、突然髪を摑んで顔をあげさせられた。

「ばっちり見てたくせに、文句だけは言うのか」

「俺は寝てただけだ! なんでここにいるのかもわからなくて、目が覚めたら、か、勝手にやってたのはそっちだろ!」

言いがかりもたいがいにしろと声をあげた千晶の髪を、なおも将嗣は摑んで引く。強引に仰向けられた状態で、目のまえには全裸で立ちはだかった男がいる。

ほんのすこし身じろげば、まだ角度を保ったままの性器が顔に触れそうで、千晶は目をつぶったまま叫ぶしかない。

「なんなんだよこれ、なにがしたいんだよ。いい歳して、いじめかよ!?」

「まあな。おまえはいじめたくなる顔だよな」

「ふざけ……っ」

髪を摑んだ腕に摑まり、離せともがいたとたん、眼前にあの凶悪なものが突きつけられた。濡れて湿った女のにおいと、ゴムのにおいが鼻につき、嘔吐感を覚える。なのに千晶は、同時にまた興奮している自分を知って、愕然《がくぜん》とした。

「おまえ、どっち見てた」

「なに……なにが……」

「訊くまでもねえよな。俺しか見てなかったろ。なあ？　いや、見てたのは俺のコレか？」

くくっと笑った将嗣が、髪を引く。千晶は頬に熱の塊《かたまり》を押しつけられ、怖気《おぞけ》だってもいいはずなのに、目が逸らせない。

「おまえ、オンナと同じ顔してんだよ」

屈辱的な決めつけに、小刻みに震えるしかできなかった。違う、とかぶりを振ってみせても、頬にこすりつけられるそれに自分から触れているかのような動きになってしまう。

「ちが、……ちがう」

「違わねえだろ。俺見た最初っから、その顔してただろうが。やられてえのに、プライド高くて近寄ってこない処女と同じ顔だ」

そんなむちゃくちゃな決めつけがあるか。言い返したいのに、ぬめる熱が顔を強ばらせて言葉にならない。蒸れたようなにおいが不愉快なのに、くらくらする。

「違うなら、なんで言いなりになる？　文句たらたらのくせに、こいって言えば逆らわない。つまらなそうな顔するくせに、俺がオンナと絡むと、殺してやりたいって顔して睨む」

ずけずけと言われ、ぜんぶ違うと言いたかった。けれどできなかった。

怖いから、というのも通用しない。なぜなら将嗣は千晶に暴力を振るったことはないし、態度がどれほど大きくても、恫喝するようなこともしていない。なにかをしなければ、どうこうする、という交換条件もつけていない。

「本気でいやなら、春重にチクりゃよかっただろ。あいつが無理強いするタマか？」

それも、そのとおりだ。強引なところはあるけれど、千晶がどうしてもいやだと告げれば、春重はけっしてごり押しはしない。当然、将嗣も手を引くだろう。

「……だって」

「だってなんだよ」

冷たく問い返され、千晶はかぶりを振った。

（だって、だって、言うこときかないと）

たぶん、将嗣は見向きもしない。ああそうか、使えない、と背を向けて二度と千晶に声もかけない。そして次からは、まるっきり知らない人間を見る目で、ただ通りすぎるのだ。

それがいちばん、怖かった。自分の根っこにある恐怖の意味を知り、千晶は羞恥と屈辱に青ざめた。

すべてをわかっていると言いたげに、彼は笑った。

「かまってほしかったんだろ。なにか言うたび反論するくせに、目だけは嬉しいって、犬みたいに喜びやがって」

せせら笑う顔さえも、将嗣は魅力的だった。そして、それを千晶はどんなに無視したくても、否定したくても、できなかった。

「欲しがってるのに言えなくて、連れまわされるのに無視されて。欲求不満でものすげえエロい顔して、俺のこと睨む」

「そ……な、顔、し、して、な」

「してんだよ。じゃなきゃなんで、また勃ってんだ」

「いっ……！」

ぐに、とまた股間を踏まれ、言葉のとおりだと知らされた。さきほど放ったばかりのそれを絡めるように踏みつけられ、千晶はぶるぶると震える。哀れな姿をじっと見据えられて、恐怖と屈辱を感じるのに、なぜ胸の奥があまく痛むのだろうか。

「千晶？」

名を呼ばれて、ざわりと心の芯が震えた。そして見あげたさきにある将嗣のまなざしに、骨がとろけるような感覚を覚えた。

(だめだ)

濡れたような黒い目、したたり落ちるような強烈な色香、そんなものを持ちあわせた男を、間近で見たのははじめてだ。息をするだけで、まばたきひとつで指先が痺れるような思いなど、知らずに生きてきた。

認めるしかない。鱗粉をまき散らす蝶のような蠱惑的な男に、魅入られて、捕らわれた。

「欲しいだろうが、これが」

愕然とする千晶を見おろして、将嗣は唇をにい、と歪めた。はっとして逃げるより早く、長い指は千晶の顎を捕らえて強引に上向かせる。

「しゃぶってきれいにしたら、ちゃんと触ってやる」

「いや……いやだ、いやだっ、そん、あ……っ」

拒否の言葉は最後まで紡げなかった。顎を掴んで押され、開いた唇に押しこまれたものに、呼吸もなにもかもふさがれたからだ。

「ちっせえ口だな。……噛むなよ」

「んうーっ、うーっ！」

髪を掴んだまま、顔を強引に前後される。口腔を埋めつくしたそれに吐き気を催される。なんで、どうして、と見開いた目から涙がこぼれ、うぐうぐと嗚咽《おえつ》するしかない。

汚い。気持ち悪い。怖い。苦しい。哀しい。それなのに、——いとしい。

「うぷっ……えっ、けほっ」

突っこまれたときと同じくらい唐突に引き抜かれ、急激に吸いこんだ酸素と溢《あふ》れた唾液が絡んだ。げほげほと咳きこみながら、口のなかに残る、ゴムとオンナと将嗣のにおいとが絡んだそれに、本当に吐きそうだと思った。

なのに、足で踏みつけられている千晶の股間は高ぶったままなのだ。

「ど……して、こんな」

「Mだからだろ。いままで知らなかったのかよ」

自分がもっとも信じられず、愕然としたままの千晶の目からは、涙が止まることがない。頭上高く両腕を摑んで持ちあげられたまま、床を見つめてぼたぼたとそれをこぼしていると、肩が抜けそうなくらいに腕を引っぱりあげられた。

立ちあがらされても、将嗣との身長差はかなりあった。こんなに間近で見たことなど一度もなかったけれど、抱きしめるようにされるとわかる。彼の顎が千晶の額のあたりにやっとくるくらい、彼は大きいのだ。

「違う……俺、マゾじゃない……」

「じゃあなんで勃ってる」

それ以外の理由など本当にわからないとばかりに、冷たく言い放たれ、千晶は震えた。

心の奥、自分でも気づかないまま大きくなっていた感情を、けっして彼には悟られるまいと思った。

(好きだから、なんて)

きっと嗤われる。ばかにされる。そこにつけこまれてもっと、ひどい目に遭わされる。気持ちのやわらかいところを、こんな傲慢な男に見せて傷つけられるのだけはいやだ。

千晶は精一杯の目で反抗し、頭上の端整な顔を睨んだ。

「知らない！　知らないよ！　なんだよこれ、あんた俺になにしたんだ！　く、クスリとか言ってたけど、飲ませたんじゃないだろうな⁉」

「ありゃあアリサが勝手にやってるだけだ。俺は知らねえよ」

信じられるものかと、目のまえの胸を押し返す。けれどふたたび後頭部の髪を掴まれて、今度は唇で唇をふさがれた。

「うう……っ」

さきほどのイラマチオと同じく、強引な舌の動きだった。それでも、あのなまなましい味とにおいを拭いとっていくような煙草の苦さと香りが、ぼろぼろになった心に染みとおっていく。もがいても離してもらえない。執拗で、なのにどこかしら、あまさのあるキスに溺れさせられ、気づいたら千晶の両腕が広い肩にすがっていた。

「千晶、もっと舐めろ」

「いや……」

「いいから、やれ」

ヘタクソ、と笑われながら、彼のキスを教えこまれる。舌を噛んでやればすぐにでも解放されるのに、泣きじゃくりながら言われたとおりに肉厚のそれを舐めている。

（もう、どうかしてる）

泣きすぎて、頭が痛くてもうろうとしていた。事態のとんでもなさにまるで思考回路は役に立たず、次に正気に返ったときには、抱きあげられて寝室のベッドに押し倒されていた。

「いやだあ……」

「もうそれはいらねえよ。黙ってよがれ。教えてやるから、次はちゃんとしろ」

まったく理屈のとおらないことを言って、ボトムを奪いとった将嗣は、粘ついた精液が絡む千晶のそれを口に含んだ。

「やだ、なにすんだよ、やだよっ」

口淫は、するのもむろんのこととされるのもはじめてだ。頭がパンク寸前の千晶には、感触よりもそのビジュアルのほうが強烈だった。

自分の細い脚を抱えた男の背中が、不思議な角度で目に入る。ウェーブのかかった髪が腿にこすれて、くしゃくしゃになっている。いつも皮肉を言う肉厚の唇が、ずるりとなにかをくわえて上下する——。

「い、……いやっ、いやっいやっ、あああ！」

けっきょく、なにがなんだかわからないまま、腰がとろけるような衝撃とともに、彼の口のなかに放っていた。

「……はえーよ。なにする暇もねえじゃねえか」

憮然としたまま、溢れたそれを手のひらに吐き出す将嗣の姿に、ひい、と情けない泣き声が漏れた。しゃくりあげる千晶はすべての気力をくじかれたまま、さらに脚を拡げられ、尻の奥に自分が吐き出したものを塗りつけられるのを知っても、抵抗もできなかった。

「痛い……やめて……痛い……」

「だから嘘つくなよ。またこんなにしやがって」

指をいれられ、ひどいくらいにかきまわされて、力の入らない身体の代わりに言葉だけで抵抗し続けた。けれど聞くような相手ではなく、とんでもない格好をさせられて、ついにはぜんぶ、奪われた。

「ひ……っ!」

「力むな、切れるぞ。力、抜け。早めに終わらせてやる」

「やだ、い、や、いやあぁあ……!」

泣きわめきながら、身体を揺すられた。大きく、硬く、凶暴なそれに串刺しにされた瞬間、殺されると思った。

けれど千晶はむろん死ねなくて、処女地を暴かれた鈍痛と、いままで知らなかった凶悪な愉悦に身体中をめちゃくちゃにされた。

そして心のなかまでも、彼は深く強く、入りこもうと、繰り返し囁いた。

「……なあ、名前呼べ」

「あっ、う……し、しば……っうああ!」

求められていることは知りながら、わざと逸らした答えを口にしたとたん、がつんと強く突きあげられた。悲鳴をあげて仰け反る千晶の後頭部を摑み、耳たぶを強く嚙んで彼は言う。

「強情張るな。名前呼べ、……将嗣って呼べ、千晶」

「んっ、……ま、まさ、つぐ……っ」

はじめて、望むとおりにその名前を呼ぶと、なぜだか彼はとても満足そうに笑った。どうしてそうまでこだわるのかわからないまま、唇がその響きを覚えるまで、繰り返し名前を呼ばされた。

それから長い長い時間をかけて、ほとんど無垢に近かった身体を蹂躙され、味わいつくされ――すみずみにまで、彼のにおいを染みこまされた。

痺れるような絶頂の瞬間叫んだ言葉は、将嗣の名前だった。


千晶が解放されたのは、それから何時間も経ってからのことだった。早めどころか、二度、三度と挑まれて、いったい何回したのかもはやわからない。

「早めに、終わるんじゃ、なかったのか」

「いきまくっといて文句言うなよ。充分気ぃ遣っただろ」

どこがだよ、というかすれきった声での抗議は、鼻で笑って叩き落とされた。

何年もあとになって思えば、彼のわりには気を遣ってやさしい抱きかただったのだろう。しつこかったし、痛くて苦しかったし、初心者に無茶をしたことを差し引いても、傷つけられたり出血するような羽目には陥らずにすんだ。

むしろ、つらくて恥ずかしくて、心がずたずたになった理由は、そんな一方的なセックスで、感じてしまった自分の身体のだらしなさだ。

千晶のペニスは、長い行為が終わるまでの間、一度も萎えることはなく、彼の手にいたぶられながら何度も精を吐き出した。最後のほうには、いれられているのが気持ちいいのだと認めざるを得ないほど、よがり狂った。

「思ったとおりだ。もっと仕込んでやるから、期待しとけよ」

(いらねえよ)

抱きつぶされて、ぐったりとしたままの千晶は、もうなにを言う気力もなかった。ただ泣きはらした目をうつろに見開き、お互いの体液で湿ったシーツに横たわっていた。

(なかに、出された)

体内でどろりとするそれは、緩んだうしろから溢れ出し、腿のほうまで流れている。

何度目かわからない行為の途中で、もう面倒くさいと言い放った彼は、コンドームをつけることすらなかった。あれだけ激しくべつの誰かを抱いたあと、ここまで執拗なセックスができる将嗣が、空恐ろしい。

（……誰か？）

はっと目をしばたたかせて、軋む身体を起きあがらせる。怒涛の展開に流され、失念していたけれど、アリサはいったいどこにいるのだ。

「将嗣、あの女のひとは」

あわてて問いかけた千晶は、すっかり動転していて、ごく自然に自分が彼の名を呼んだことにすら気づいていなかった。将嗣はほんのかすかに眉を動かしたが、とくにコメントすることもなく、平然と言った。

「ああ、とっくに帰った」

「そ、そうか」

うまそうにビールを飲み、煙草をふかす将嗣の言葉にほっとしたのもつかの間、彼はとんでもない爆弾発言を落としてくれた。

「おまえ、イキまくってて気づいてなかったみたいだけどな。さっきちゃんと、帰るって挨拶してったから」

「……え」

「まあ、変態ホモ野郎、とか叫んだ気もするけどな」

おかしそうに笑う将嗣のまえで、千晶は唇が白くなるほどにショックを受けていた。

「見られた、のか」

「ばっちりな。突っこんでる真っ最中を」

にやりとする男の顔を、最後の力を振り絞って殴りつけた。平手ではなく拳のそれを、将嗣は平然と受けとめ、かすかに赤くなった頬骨のあたりを笑みに歪ませる。

濡れたような目が、ぞっとするほどに妖しく光り、千晶は全身を総毛だたせた。

「男で俺を殴ったやつには容赦しねえんだけどな。おまえは俺のオンナだから、特別に勘弁してやるよ」

「誰が、オンナだ！　勝手に、ひと、ひとをこんな目にあわせてっ」

振りあげた拳は、二度目には通じなかった。手首を取られ、ベッドに両手を縫いつけるようにして押さえこまれた千晶は、赤く潤んだ目で頭上の男を睨みつける。

「本気でいやなら、なんでいまみたいに殴らなかった？」

「わけが、わからないうちに、あんたがっ……」

「俺とアリサがやってる間に、さっさと逃げ出せばよかったくせに、ひとの身体を物欲しげに見てたのは誰だ？」

見ていない、物欲しげな顔などしていないと言うより早く、深い口づけが襲ってくる。押さえつける腕は強く、喉奥まで舐めあげてくる舌は卑猥すぎて、疲れきった身体は暴れるむなしさをすぐに覚えさせられた。

「なあ、千晶。これはなんだよ」

「ふあ……」

頭のなかまで引っかきまわされるようなキスが終わると同時に、将嗣の膝が千晶の脚の間をゆるく押し揉んだ。もう言われるまでもなく、生乾きの体液をまといつかせたそこは、さんざん絞り取られたくせにゆるく頭をもたげていた。

「いやなんだろ？　だったらこれはなんだよ。なあ？」

ぐりぐりと膝頭に愛撫され、完全に勃起するわけではないながらも、反応している。そんな自分に打ちのめされて、千晶は目をつぶった。

無自覚だった性癖を暴きたて、あざけるように嗤った男を、絞め殺してやりたい。

同時に、将嗣の体温の高い身体に覆い被さられているいまが、胸をかき乱し、充足感さえ与えてくる事実を否定できない。

「目、開けろ」

最初から、どうしてか逆らえなかった命令の声に、それでも一度は抵抗した。

「俺が欲しいなら、目を開けろ」

二度目はないと告げる声に、観念して潤んだ目を開く。間近に迫った黒い艶、吸いこまれそうな蠱惑的な目だと思う。

ゆらゆらと、濡れたオニキスのような目に揺らぐ炎のようなそれは、なんだろう。その正体を読みとるまえに、将嗣の傲然とした声が耳を犯す。

「素直に俺のオンナになるなら、いくらでも抱いてやる。欲しいものならなんでもやる。だから逃げるな。わかったか？」

そうなりたくもないのに、顔が赤らんだ。火照ったのは身体も同じで、体温の上昇に気づいた男は嫣然と笑う。

いまさら気づいたことだが、お互いに裸だった。最初に犯されたとき、千晶の服は毟られたように身体のあちこちに引っかかっていた。突きいれられる間中押さえこまれていたから、体内に誰かがいるという強烈な近さと、蹂躙する腕以外どこも触れていないという遠さに、心は引き裂かれていた。

けれどいま、すべてをさらしたまま、お互いの肌が、胸が、触れていた。ごく小さな乳首が硬く尖って彼の胸筋をかすかに歪めている。同じように、将嗣の胸の尖りも千晶の薄い肉を圧迫している。

心音が混じりあう距離、なめらかで引き締まった将嗣の身体に、抱かれている最中よりもよほど恥ずかしさを感じた。呆れるほど淫らな行為のあとで、なまなましい体液の名残もひどいのに、焼けた肌のにおいがどうしてこんなに好ましいのか、すこしもわからない。

「……どうして？」

なかば自分への問いでもあったが、脅すようなことを言う男に対して、去らない疑問をぶつけた。こんなひどい、悪辣なやりかたではじめての身体を蹂躙された事実を、好かれたからと受けとめるほど千晶は能天気ではない。暇つぶしにからかったのならまだわかるけれど、それにしては行きすぎている。

「質問を許したつもりはねえよ。訊いてるのはこっちだ。わかったのか、どうなんだ」

最初からひとつしか求められていない答えに、否を紡いだらどうなるのだろうか。それこそ、わかりきったことだ。うなずくまで徹底的に、身体で言葉で追いつめられる。

「……俺を」

「ん？」

屈して、心を折って、従順になるまできっと。だからせめてもの条件として、千晶はかすれた懇願《こんがん》を口にした。

「俺を、傷つけないでくれるなら……」

満足そうに笑って、将嗣は唇を寄せてきた。いままでのそれとは違い、頬を、髪を撫でながらの舌を絡めることのないキスは、いっそやさしいと言えるくらいで、抱きしめる腕の強さにも、胸はたしかにときめいた。

「名前、呼べ」

「……将嗣？」

執拗なそれは、どういう意味があるのだろう。わからないまま、満足げに微笑む唇の妖艶さに気を取られ、思考がぬるく濁っていく。

「かわいがってやるよ」

耳に直接吹きこまれた声がすべての理性を奪い、口づけは毒のようにあまい。

そのときの千晶には、それだけが事実だった。

＊　＊　＊

将嗣は、千晶を身体で籠絡《ろうらく》した翌日に、アパートを引き払えと命令した。

抵抗したけれど無駄な話で、強引に奪われた鍵を勝手に使われ、千晶の荷物類は業者を使って、新宿の彼のマンションへと移動させられた。

それどころか、気づいたときには千晶の代理を装って、解約までされていた。

「なんでそんな勝手なことすんだよ！」

「いちいち呼び出すのが面倒くせえから」

千晶の抗議はそんな身勝手なひとことで叩き落とされ、あまりの厚顔ぶりに呆気にとられるうちに、引っ越し作業はすべて片づいてしまっていた。

連れこまれた夜には混乱していて気づけなかったが、ペントハウス並に広いマンションは、無駄な空き部屋が余っていた。どう考えても、わざわざリビングに千晶を転がしたままでなくとも女と寝ることは可能だったわけで、あの夜以前から周到《しゅうとう》に巡らされた罠《わな》だったのだろう。

ともあれ、突然の引っ越しに実家の親は驚き、説明を求めたが「友人とシェアすることになった」と電話で告げれば、事後承諾に小一時間の説教をくらった。

——あんた、学生の身分でそんな勝手なことして、どういうつもりなの⁉

相手の親御さんはどう言ってるの。いったいなんでそんなことになったの。

追及する親の言葉はもっともで、またなんの返答もできない問いかけばかりだった。

(俺が聞きたいよ。こいつの親のことなんか知らないし、なんでこんなことになったのかなんて、いまだにわけがわからない)

だがその説教を受ける電話の間じゅう、耳をねぶり股間を揉みたてる大きな手に悶えているようでは、たとえ言い訳が思いついたところでろくな返事もできなかっただろう。

「こんな、こと、して……どうする、んだよ」

「黙ってろ」

電話を切るころには、背後から抱きしめる男のそれは、千晶の奥深くにおさまっていた。

「だ、大学行かないとっ……将嗣だって、また、りゅ、留年……あっ、あ!」

「口開くなら、かわいくあえげ。それ以外はなにも言うな」

立ったままのセックスなど、昨日まで考えたこともなかったのに、すでにこの日三回目だ。

「出ないでも、もういけんだろ? やってみろ、ほら」

「いや、無理……無理……」

キッチンで、バスルームで、深い深いところを将嗣にえぐられるまま揺さぶられ、いきり立った性器は触ってももらえず、挿入だけで達するまで長い間いじめられ、教えこまれた。三日がすぎるころには彼の言葉どおり、いわゆるドライオーガズムを覚えてしまった。

将嗣との関係は、セックスに塗りつぶされていた。引っ越しさせられた日の翌日から、千晶は十日間、大学に行かなかった。

ベッドから起きあがれる状態ではなく、行けなかったのだ。

(爛れてる)

どこかで、こんな状況はおかしいと警告する声が聞こえていた。それでも、抱きしめられ、愛撫され、キスでどろどろに脳を溶かされたままに身体をつなげてしまうと、それ以外のいっさいが消え失せた。

ひとたび従順になれば、将嗣の態度はどこまでもあまかった。セックス漬けでろくに起きあがれない千晶のために食事をすべて用意したのも彼だったし、手ずからそれを食べさせるような真似もした。

テレビを見ていて欲しいと言ったDVDや携帯電話は翌日には買い与えられ、とくにねだりもしなかった服やアクセサリー類までも、ふたりきりでこもった巣のような部屋に、あっという間に溢れかえった。

けれどなにより千晶を虜にしたのは、濃厚で激しいセックスだった。

「おまえの身体、いいな。病みつきになる。いままでで、いちばんいい」

あとから思えば、なんのほめ言葉でもなく、自分ひとりと保証するものでもない嬉しがらせに舞いあがり、せっせと男に奉仕する方法まで覚えこんだ。

見つめあって、指を絡めて、暇さえあればキスをしていた。

「将嗣……」

名前を呼ぶと、冷たいほどに泰然としている男の目が、ほんのかすかにやわらぐ。それに気づいてからは、かつて何度も強要された彼の名を、自分から口にするようになった。

(好きで、好きで、どうしようもない)

苦手だと思ったのは、惹かれていたからだ。自分でも気づかない性的指向を、将嗣の色香で強引に目覚めさせられるのが怖かったから。それでも気づいてしまってはもう戻れず、与えられる快楽を貪《むさぼ》り、時間を浪費した。

抱かれながら、あまい声で「好きだろう?」と言われれば、もうろうとしたまま「好き、好き」と返した。それ以外の言葉も会話もなにもなく、ねっとりとあたたかいゼリーのなかで、快楽だけを貪り続けた十日間で、千晶の身体はそっくりと、彼の好みに変化させられた。

夢のようだと、そんなばかなことまで考えるほどに、溺れきっていた。

けれど、奪われた身体に次いで、心まで落とされた千晶は失念していた。

将嗣は、傷つけないでくれという懇願に、なんの答えも返してはいなかった。

間抜けなことに千晶がそれに気づいたのは、その十日間がすぎ、夢は夢でしかないと思い知らされるできごとが起きてからだった。

＊　＊　＊

十日目の朝、いつものように朝まで睦《むつ》みあった疲れに重い身体で起きあがった千晶は、昨日まで自分を離さずに抱きしめていた逞しい腕がないことに、違和感を覚えた。

「将嗣……？　起きたのか？」

時計を見ると、時刻はすでに夕方近くなっていた。また大学に行かなかった。拭いされない罪悪感と同時に、そこまで熱っぽく抱きあった事実の気恥ずかしさを噛みしめながら、全裸のままで立ちあがる。

服を着ないまますごすなんて、ほんの数日まえの千晶には考えられないことだった。けれど、広いマンションじゅう、至るところでセックスしたこの十日間のおかげで、羞恥のリミットがどこか、振り切れてしまっていた。

「将嗣？　どこ……？」

ふらふらと、脚の間から粘ついたものを溢れさせたまま、千晶は恋人を探してリビングへ向かう。ほんのりと頬が染まるのは、昨晩ベッドに入るまで、このリビングでなにをしたのか思いだしたからだ。

アリサと彼が寝ていたソファでは、記憶を塗り替えるように何度も抱きあった。嫉妬心があれほど官能を燃えあがらせるものだと、苦い痛みとそれをうわまわるあまい快楽に悶えながら、千晶は知った。

将嗣はたぶんここで、何人もの女を抱いたのだろう。それでも、いまは自分だけの男だ。そう信じたからこそ、恥知らずな真似をし、身体を開き、身も世もなくよがり泣いた。

だが、記憶を反芻《はんすう》し、赤くなったままドアを開いた千晶は、呆然と口を開いた。

「え……？」

昨晩、そして自分たちの象徴的な存在だったあのソファが、なぜか姿を消していた。代わりに、見たこともない、真新しいヌバックのそれが、片づいたリビングに置かれている。

（どういうこと）

なにかがおかしい。そう思ったのは、新品のソファに腰かけた将嗣が、見たこともない高級そうなスーツを身にまとい、携帯電話を片手に笑い声をあげていたからだ。

「……ああ。ああ、今日からは出る。ただの休みだ、心配しなくていい」

やわらかく、誰かをあまやかすような響きの声。千晶ですら聞いたことのない、とろりとした声音をいったい誰に向けているのか、わからない。

「そんなんじゃねえよ、ふだんはまじめに大学行ってるって。ん？　ああ、ははは、そうそう」

機嫌のいい声で笑いながらも、彼の表情は冷たいさげすみの色を浮かべている。ぞっとして、いまのいままで肌をさらしていた相手が不気味に感じられ、千晶は裸のままあとじさった。

だが、気配で気づいた将嗣はそれを許さず、指先だけで手招いてくる。かぶりを振って拒めば、軽く片目を眇めて、彼は立ちあがった。

「わかってる。今日からは店に出るし、オールで出勤する」

いったい誰がしゃべっているのかというくらい、表情と声が一致しなかった。はじめて抱かれたときと同じか、それ以上にひどい混乱に千晶は立ちすくみ、その腰を将嗣の腕が、あたりまえのように抱いてくる。

「嘘なんかついてねえよ。部屋にひとりだ。誰もいない」

言葉は電話に、視線は千晶の、淫らな行為を色濃く残した肌に向けたまま、将嗣は目を細めてゆったりと微笑んだ。電話口からは、甲高い、女の声が漏れ聞こえる。

「アフターも……うん、うん。つきあってやるから、そうふくれるな」

嬉しがらせを言われた相手が、またなにかを言っている。その間、将嗣の指は千晶の尖った乳首を愉しげに転がし、青ざめた頬に唇をかすめさせた。あまつさえ、光沢のあるスラックスを履《は》いたまま、まだ彼の放った精液が伝う腿へと脚を絡ませてくる。

「よ、ご、汚れ……っ」

言わなければいけないことは、いくらもあった。問いただしたいこともたくさん、なのに千晶の唇からは、そんな間抜けな言葉しか出てこない。

「汚せよ」

電話を口元から遠ざけ、将嗣はそう言って笑った。愉しげな笑みに、数時間まえまであんなにも近いと思っていた男が、とんでもなく遠い場所にいるのだと教えられ、千晶の世界はふたたび壊れた。

『王将？　ねえ、王将、ちゃんと聞いてる？』

「ああ。聞こえてる……なあ？　聞こえるだろ？」

はじめの言葉は電話に向けて、あとのそれは千晶の奥深くに指をいれ、体内に残ったジェルと粘ついた体液をかき混ぜながらのものだ。

「そんな必死にならなくていいだろ。ちゃんとつきあってやるから」

イタリア製だとのちに知る、逞しい身体に似合うスーツの上着に噛みつき、唾液を染みつかせて悶えながら、千晶は声を噛み殺す。ふう、ふう、と息を切らす音は電話の向こうには聞こえないらしい。弾んだ声が、あまえるように問いかける。

――ねえ、あいしてる？　あたしだけ？　嘘はついてないよね？

そんな状況なのに、千晶は感じていた。慣れた指で探られ、頬を舌に撫でられて、きまぐれのように唇を寄せる男の手に、性感を引き出されていた。

「はは。わかってる、わかってるから。誰もいねえよ。おまえだけだ」

しゃあしゃあと言いながら千晶の唇をふさぐ。そしてもう一度、千晶の目をじっと見つめながら、彼は繰り返した。

「信じろよ、おまえだけだ」

身体と心が、ふたつに別れる。そして音を立てて、砕けていく。

誰に向けての言葉かなんて、もはや考えるのも無理だった。ただ、ぼろぼろと涙だけが溢れて、目のまえの男に引き出されていく快楽がおぞましく、浅い呼吸であえぎ続ける。

「ああ……ああ、ああ、あああ……！」

ひび割れた叫びが、電話の向こうであまったれる女に聞こえようとどうしようと、もはやどうでもよかった。


千晶を一方的にいかせたあと、将嗣は精液に汚れたスーツを着替え、電話での言葉どおり、ホストクラブへと出勤していき、翌朝になっても帰ってくることはなかった。

事態を処理しきれず、呆然としていた千晶は一睡もしないまま、どうにか日常を取り返そうと身繕《みづくろ》いをし、大学へ向かった。

正直、誰にも会いたくないと思っていたけれど、広いようで狭い構内では、知りあいに見つかることはたやすい。

「あ、なんだよ柳島。もういいの？」

「いい、って？」

ひさびさに顔をあわせた花田の顔が、ひどくうつろに見えた。自分こそが、ごっそりと表情をなくしたままでいることに気づかないでいると、心配そうに友人は問いかけてくる。

「だって、インフルエンザだったんだろ？　あんまりひどいから、王将さんが家で看病してるって。うつるとまずいから、見舞いにもくるなって言われてたんだけど」

なるほど、十日間の不在はそういう話になっていたらしい。ならば、やつれきった自分を見ても誰も驚かないのは道理だろう。

「ああ、うん。ちょっと、大変だった」

「こっちから連絡いれても電話通じないしさ、春重先輩も心配して……あ、きた、きた」

無邪気に手を振っている花田のまえから、逃げ出したいと思った。けれどいまさらどこに逃げればいいのかわからず、千晶はその場に立ちすくむ。

顔もあげないままじっとしていると、うつむいた視界に春重の長い脚がうつる。

「柳島、体調いいなら、ちょっといい？　頼みたいことあるんだけど」

「え、でも、こいつ病みあがりですよ？」

「話だけだから、すぐすむ。花田はこれ持って、事務局いってくれる？　次のイベントの許可証もらってきて」

　わかりました、と走っていった友人の姿が見えなくなってから、春重は息をふうっと吐いた。

「大丈夫か？」

　それ以外、なにも問わない彼の顔を見あげて、春重がすべてを知っていることに気づかされる。どんよりと光をなくした千晶の目を見て、春重は顔を歪めた。

「昨夜、やっとあいつ捕まえて、十日間なにしてたか聞いた。とりあえず、あのばかは一発殴っておいた。なんの慰めにもなんねえけど、……ごめん」

　そう言って、深々と頭をさげた春重をぼんやりと見つめたまま、千晶は無言だった。

「あんなぶっ壊れた男の相手、おまえにできるとは思わない。けど、本気なのは本気らしいから、それだけ信じてやってくれ」

　春重の苦い声が、まるでドラマを見ているかのように遠かった。

　なにか、とんでもない間違いを自分はしたのだ。たった十日間の快楽漬けの日々と引き替えに、おそろしく大事なものをこの手で壊した。そして将嗣はそれをさらに、踏みつけた。

　千晶にわかっているのは、それだけだ。

「いいんです。俺が、ばかだったから」

「柳島……」

「たぶんすぐ、飽きますよ。あのひとも。わざわざ引っ越しまでさせたの、なんの理由かわからないけど」

頬がひきつって、顔だけが笑っていることに気づく。生まれてこのかた、一度もしたことがないその冷笑は、なぜかあの男に似ていたらしい。

「たぶん、三日もしないうちに、女、引っぱりこむんじゃないかな。最初のときも、女の直後に俺だったし」

春重は、言葉もないように顔をしかめ、がりがりと頭を掻いた。そこまで苦々しい顔をした春重を、千晶はあとにもさきにも見たことはない。

将嗣のために変わらざるを得なかった後輩に対して、せめて平然を装う以外に、彼にできることはなかったのだと、のちに春重は言っていた。

＊　＊　＊

千晶の自暴自棄の言葉が予言となったのか、将嗣が店の客を伴って、千晶を囲ったマンションへと現れ、客用の寝室にこもって三時間のセックスをしたのは、それから五日後のことだ。予想より二日遅かったと、千晶は嗤った。

女が出ていくまで、千晶のものだと割り振られた部屋のシングルベッドで、布団をかぶってまるまっていた。さすがに別室で彼らのたてるなまなましい音や声は聞こえてこず、防音のしっかりした部屋だったことを、これほど感謝したことはない。

だが、シャワーを使う気配、居間から玄関へと送り出す際の足音や、帰り際の会話のすべてがシャットアウトできるわけではない。

完全に女が去ったと気づいて、千晶は布団から抜け出した。噛みしめすぎた奥歯と顎が痛み、昼は切れている。手のひらには爪の食いこんだあとが残り、それをじっと眺めたのちに千晶は部屋から出た。

うつろな目で見つめたさきの男に、なんの感情も持てないと言えればよかった。

居間のソファで、億劫そうに長い足を組む将嗣は、シャワーあとの濡れた髪をうしろに撫でつけ、上半身裸のまま、新聞を読んでいた。

なにげないそんな姿さえも、胸を疼かせるほど絵になっている。だが、そこかしこに残る濃厚なセックスの気配には、嘔吐感がこみあげた。

「俺、出てっていいよな?」

せめてものポーズとして冷めた声で告げた千晶に、将嗣は静かな声で問いかけた。

「理由は?」

「女はいっぱいいるみたいだし。……今日みたいなときには、俺、邪魔だろ?」

せめてそこで、否定してほしかった。ごまかしの言葉でもいいから、機嫌を取ってさえくれれば、喜んで千晶は目をつぶっただろう。だが、将嗣はそんな最低限のことすらしなかった。

「なに勝手に決めてる。邪魔なら連れてくるわけねえだろ」

面倒くさそうな声で、千晶の目を見ることすらせず、彼は言いはなった。

「それにおまえ、ちゃんとわかって部屋に引っこんでたじゃねえか。なんの問題がある」

気づいたら千晶は、将嗣の読んでいた新聞を取りあげ、その端整な頬を殴りつけていた。だが拳はかすめることもなく、手首を掴まれてソファに押さえつけられた。

「いきなりキレんなよ。わけわかんねえな」

「わけがわかんねえのは、おまえだろ……っ」

「絡むなよ、疲れてるんだ。機嫌悪いとこにグダグダ言うな」

残酷にもほどがある言葉に涙腺が疼いたけれど、涙がこぼれることはなかった。

「離せよ、出ていく」

「行くとこもねえだろうが。ふざけんな」

「おまえといるくらいなら、路上で寝たほうがましだ！」

叫ぶと、いかにも面倒そうに舌打ちまでされた。

「そこまで言うなら、なんで抱かれた。なんで部屋にきた」

いらだたしそうに髪をかきあげ、将嗣は冷たい目で千晶を睥睨した。取るに足らない生き物が、うざったくわめきちらしている。そんなふうに見られた気がした。

「そもそも、俺とつきあうのがいやなら、最初の最初に断りゃよかっただろ」

「断れなかったじゃないか」

「なんでだよ」

「……怖かったからに決まってる！」

ぎらつくような目で見られ、千晶はかすれた声で叫んだ。その一瞬、まるで将嗣が傷ついたような顔をしたけれど、目の錯覚に違いない。

自分の言葉で、『王将』を傷つけられるはずなどないから。そう気持ちを奮い立たせ、千晶はなおも言いつのった。

「おまえみたいな派手で有名な男に目ぇつけられて。俺に、どうしろっていうんだ。いつもいつもいつも引きずりまわされたおかげで、ほかに友だちなんかろくにいなかった」

かつて、彼を知らなかったころの穏やかな友人関係は、千晶には望めなくなった。スケジュールは常に将嗣を優先させられたし、なにより『あの王将』とつるんでいるというだけで、同じようなタイプの——要するに、平凡で臆病な連中は、千晶を『あちら側』に送り出した。

春重以外の取り巻きには睨みを利かされ、そうでなくても派手な人種とはけっきょく会話も嚙みあわず。

「檜山先輩だって、けっきょくはおまえの側につくんだ。俺には、誰もいない」

血を吐くような声で告げた千晶の言葉を、将嗣は鼻で笑った。

「いらねえだろ、ダチなんか。おまえは俺にやられてよがってりゃいい」

「むちゃくちゃ言うな……！」

侮辱に震える身体であがく千晶の下肢を押さえつけた男は、「しょうがねえな」と言いながらボトムを引きずりおろそうとする。

「やってやるからおとなしくしろ」

「やめろよ……誰がそんなこと言ってんだよ！　触るな、汚い！」

「ぴぃぴぃうるせえんだよ。女のあとにやられんのなんざ、はじめてじゃねえだろうが」

たぶん、ここまで心を木っ端みじんにする方法は、そうはないだろう。一瞬の硬直ののち、猛然と暴れた千晶は、声が嗄れるまで罵り、抵抗した。

いやだ、終わりだ、別れる、死んでしまえ。

「てめえなんか、だいっきらいだよ」

「上等だ。鼻っ柱が強いのは、俺はきらいじゃない」

思いつく限りの語彙で罵った相手は、すべての言葉を鼻で笑って打ち落とした。

結果、千晶が必死で言い張った別れは受けいれられなかった。

どころか将嗣は泣きわめく千晶をあっさりと押さえこみ、毒のようなセックスで骨抜きにし、言葉を撤回させた。

将嗣へ別れ話を切りだした最初の日は、そうやって終わった。

＊　＊　＊

それからも、同じようなことが繰り返された。

何度、そういう光景を見たか覚えていない。相手を部屋に連れてくることもあれば、ホテルで抱いてきたことを悟らされることもあった。

純然たる浮気なのか、仕事なのかの判別はつかない。ただ、女の出入りが激しい将嗣はそれを隠そうともしなかった、それだけが事実だ。

「どんだけ女いるんだよ。おまえの節操のなさには呆れる」

吐き捨てるように告げたところで、悪びれるどころかいけしゃあしゃあと、彼は言う。

「それがホストだろ。いまさらなに言ってんだ？」

そこまで開き直られると、春重に愚痴ったとおり、もはや二の句が継げなかった。

ホストの彼だから、そう思って接するしかないとあきらめるころには、大学生活も終わりに近づき、何度目かの別れ話を告げても同じパターンでなし崩しになり——けっきょく、将嗣との関係はいびつなまま続いた。

ただ、あきらめたとはいえ、傷つかないわけがない。別れたいとは、何度か訴えた。

ただ、その際に理由を問われても、千晶は女の存在をあげたりはしなかった。

あんなはじまりで抱かれて、いまさら言うのもおかしく思えたのだ。だから毎回、くたびれて、もうだめだと思うたびに、単刀直入に言った。

――もう、終わりにしてもいいいんじゃないのか。

――こういうのは、意味がないいんじゃないのか。

――いいかげん、疲れた。

そのたび、あの過激なセックスだ。泣いて、わめいて、抵抗しながらも、抱かれれば悶え狂う自分がいちばんどうしようもないと千晶は悟った。

ひどいときには数日間軟禁されて、調教じみた行為に明け暮れ、まともな思考ができなくなるほどにされた。

(なんで、捨ててくれねえんだろ)

ときどきには、いっそこうして激しくされたくて別れを口にするのかと、そう自分を疑ったことすらある。けれど、そこまでくだらないロールプレイに陥るほど、歪んではいないはずだが、もはや自分の判断にも、千晶は自信が持てなくなっていた。

堂々と女を抱き、最低限の礼儀すら払わないくせに、千晶が離れようとしたときの将嗣の怒りようと執拗さはすさまじい。一度などは、本当に体調を崩すほど責めさいなまれ、怖ろしく情けない理由で病院に行く羽目になった。

「パートナーには、すこし加減するように伝えなさい」

新宿という土地柄、ゲイには慣れていたのだろう。淡々とした医師に、腫れて使いものにならなくなったら、もっと具体的な処置をすることになると言われ、将嗣にもそれは伝えたところ、めずらしくも彼は謝った。

「悪かったな、無茶して」

「そう思うなら、すこしは手加減してくれ。医者にも言われた。あと、二週間はセックスできないから、よそでどうにかするなら、そうしてくれると助かる」

体調を崩したせいで、さすがにセックスのことなど考えるだけで胸が悪くなりそうだった。

あっさりとそう言ってのけると、一瞬いやな顔をした将嗣だったが、驚いたことに千晶が伏せっている間、手出しをするどころか、女を家に連れこむこともしなかった。

それればかりか、熱を出した千晶の看病までするから、本気でびっくりした。

「炎症だけだから、べつにほっといてくれてもかまわないけど」

「俺のせいだから、面倒みるのはあたりまえだ」

だるい身体の着替えを手伝ったり、食事を用意したりする将嗣に、調子が狂った。

なにより、仕事にだけは出かけていくけれども、それ以外の時間――アフターやベッドでのサービスについては、いっさいを断って千晶の身体をいたわってくれたのには、正直まいった。

お粥や、すり下ろしたリンゴ、缶詰の桃。病人食の定番のそれらは、さして手のこんだものではないけれど、それだけに妙に弱った心に染みこんだ。

（ほっといてほしいのに）

ひどい男でいるくせに、こうして気まぐれにやさしくされると、泣きたいほど嬉しくなる。

きっと復調したらまた傷つけられるのだろう。いままでだって、ひどいなどという言葉では表せないほど、ぼろぼろにされた。けれど、だからこそ、こんなささやかな思いやりがものすごくありがたいものに思えてしまう。

「なんか、ほかにいるものあるか？」

問われて、千晶は「いっしょにいて」とかすれた声でせがんだ。涙ぐんだ頬を長い指が拭い、まるで子どもにするように、掛け布団を軽く叩かれる。

「いるだろうが」

そっけない言いざまだけれど、そのときは本当に嬉しくて——だからこそ、体調が戻ったとたんにはじまった、彼の枕営業には、心底落ちこんだ。

「なんで、どうして放っておいてくれないんだ。女のこと、見せつけるみたいにするんだ」

何度もそう言ってなじった。怒ってみせても、せめて見えないところでやってくれと哀願しても、彼は聞き入れることはなく、毎度のごとく平然と言ってのけた。

「俺がホストなのは、わかってたことだろうが」

それが答えのすべてだと本気で思っているらしい将嗣に、千晶は次第に抗議することをやめた。数カ月が経ち、一年がすぎるうちに、千晶の心はすり減り、抵抗も嫉妬も、ただむなしいだけだと知ったからだ。

強引に踏みこまれ、植えつけられた恋の種子は、歪んだ感情と痛みだけを栄養に、ひどくとげとげしく痛いなにかに育っていった。

＊　＊　＊

大学の卒業が目前に見えてくるころ、卒業後も同居するのかどうかを決めたいと千晶が告げれば「このままいればいい」と将嗣はあっさり言った。それについて特に異を唱えることもせず、わかった、とうなずいた千晶は、こうつけくわえた。

「ああ、そうだ。就職、第二希望のところに決まった」

「うちには入らねえのか」

すでに『バタフライ・キス』の開店準備に入っていた将嗣は、いっそ千晶にも店の経理などを手伝うかと持ちかけていたが、それだけはいやだと告げてあった。

名目上のオーナーになるとはいえ、当面はナンバーワンホストとして接客しなければならない。四六時中、女をはべらせている彼の姿を見るのは、いくらあきらめたといえど、つらい。

また、彼の『仕事』について、違う意味でも千晶は落胆を味わっていた。

リサーチを手伝わされていたこともあり、多少は役に立っていると思っていた。だが、あくまで使い走りは使い走りだったらしい。

（いつ、店を開くかも、俺はなにも知らなかった）

学生時代からホストをやり続け、貯めた資金で店をかまえようとする将嗣に、自分もなにか力になれないかと千晶なりにいろいろと調べ、資金繰りの当てを考えてみたこともあった。

強引に同居させられてから、将嗣は千晶の生活費をいっさい出させなかった。食事だけはべつべつになることが多いため、自腹だったが、家賃すら受けとらなかったため、千晶が実家から仕送りされた金やバイト代はそっくり二年分使われることなく、学生にしては大きな、数百万の貯蓄ができていた。

せめてそれを、起業のたしにでもしてくれないかと考えた自分の幼さに、いまの千晶は苦笑を禁じ得ない。

将嗣が一晩で稼ぐ金額を知ったのは、偶然だった。

その日は仕事でかなり飲まされたらしく、酒豪の将嗣にしてはめずらしく酔っていた。帰ってくるなり、「暑い」と不機嫌に呻いて居間のソファにひっくり返り、スーツの上着を放り投げた彼に命令され、冷たい水を運んできた千晶は、床に落ちた分厚い封筒を見つけた。

将嗣は女性関係はともかく、基本的に服を脱ぎ散らかしたり、ものを放っておくというだらしなさはなく、二年近くともに暮らしても、こういうものを千晶が見つけたことはない。

——なあ、なんだ、この金。

三センチほどの厚みのある封筒の中身は、すべて一万円札だった。ぎょっとするような金額の束を将嗣に手渡しながら問いかけると、酒に淀んだ目をした彼は、封筒を無造作にテーブルに放り、言った。

――なにって、俺の金だろ。

ひと晩での稼ぎがそれだと知ったとき、千晶は渡そうと思っていた通帳の中身が、本当に彼にとってはお粗末なものでしかないのだと痛感した。

――春からは、いよいよ自分の店もできるからな。この程度じゃまだまだ。

千晶はその言葉ではじめて、卒業と同時に春重と組んでの開店することを知った。

――店、春から、なのか。

愕然とする千晶に、将嗣はにやにやと酔っぱらい特有のゆるい笑みを見せていた。

――そんなこたどうでもいいだろ。おまえには関係ねえし。

あれだけリサーチで手伝っていても、いつ店を開くのかも知らなかった。重要なことは相談も、どころかただの『話』としてすらも教えられない存在だと、自分の気遣いなどすべてが無駄だったのだと思い知らされた。

あげくには「話はいい」と不機嫌に言い捨てられ、泥酔しているにも拘わらず、ベッドへと連れこまれ、まともな会話をするよりも、身体で憂さばらしをさせろと、抱かれた。

自分がこの男にとって、なんの必要もない、ただのセックス奴隷のようなものなのだなと、完全にあきらめたのはそのときだ。

だがそれをいちいち口にはしたくなかった。

逃げ損なった千晶ができることはといえば、自分の感情にしっかりと蓋をし、律すること。そして、現状をあきらめて受け入れることだけだ。

代わりに、心のなかで、自分の好きになった『将嗣』と、ホストの『王将』を区別することに決めた。そうとでも思わなければ、完全に心が壊れるくらいに、痛めつけられていた。

ただ哀しいのは、おそらく千晶の欲した『将嗣』は、もはやどこにも見つけられないくらいに遠くなった。

「やりたかった仕事だから。ＳＥにはなれなそうだけど、シス担ならパソコンいじれるし」

もともとの希望だと言えば、彼はそれ以上、強くは言わなかった。

「わかった。じゃあ、このままここにいろ」

こくりとうなずいた千晶は、部屋に戻ろうと腰を浮かせた。そのとき、将嗣は千晶の手首を不意に掴んで「千晶」と呼びかけた。

「なに？」

「千晶」

「なんだよ」

一見は穏やかとも思える表情で、千晶は振り返った。そして、じっと見つめてくる彼の表情が読み取れず、しばし首をかしげたのちに、目をしばたたかせて「ああ」と声をあげた。

「するのか？　なら、風呂入ってくるけど」

おとなしく抱かれていれば、将嗣の機嫌はよかった。相変わらず、あまいと言える態度も取るし、離れていこうとする以外のことなら、大抵なんでも許した。

だが、その問いかけに、将嗣はいらだったらしかった。

「そうじゃねえよ。千晶」

「なにが言いたいんだよ――王将。しないなら、寝ていいか？　面接で疲れたし」

「……千晶？」

再度の呼びかけは、警告のような響きを持っていた。だが、彼の目が剣呑な理由も、なにが言いたいのかも、千晶にはわからない。

この二年足らずで鈍磨した思考と感情は、彼の要求を読み取るということをむずかしくした。というより、読み取りたくもなかった。

「名前、呼べよ」

「だから呼んだだろ、『王将』？」

――将嗣だ。柴主将嗣。客じゃねえんだから、王将って呼ぶな。

そう言われて以来、千晶が彼に向けて意図的にその名を口にしたのは、この日がはじめてだった。

うっすらと笑ってみせると、将嗣はとても奇妙な顔をした。

なにか、忘れ物をした子どもが、なにを忘れたのかわからなくなって戸惑うような、そんな表情だった。

＊　＊　＊

早いもので、千晶に辞令がおりてから、一ヶ月が経過していた。

つまり春重にこの件を打ち明けてからも同じほどの日数が経っているのだが、王将はなにも言ってはこない。

話を聞いていないのか、忙しくてそれどころではないのか——それとも、今度こそ離れていく千晶をあきらめてくれたのか。

なにもわからないまま、表面だけはなにごともないまま、慌ただしい時間の流れにたゆたうのみだ。

「柳島さん、こっちのケーブルいらないやつ？」

「あ、です。ゴミに出すつもりだけど、いるなら持っていって」

はあい、とのんびりした声で答えた同僚は、『不要』と書かれた段ボール箱から古いケーブルを引っぱり出している。

千晶はといえば、不要な書類を処分するため、持ち運び可能の小型シュレッダーをデスクのしたに置き、次々と紙類を放りこんでいた。

会社の移転に伴う人事異動ということで、業務の申し送り自体はさしたるものではなかった。役がつくといったところで、部署の人員はもとからさほど多くない。実質のところこのシステム部は、課長と千晶と契約社員数名しかいないのだ。いままでにも主任としてアシスタントに指示を出していたし、名称が変わり場所が移動する以外、まるで変化はない。

むしろ、もっとも大変なのは、いわゆる引っ越し作業だ。

通常業務をこなしながら、デスクの私物や書類そのほかを片づけるのはなかなかむずかしい。それでもデータ類はマシンのなかに収められているし、社内ＬＡＮは無線対応にしてあるぶん、ケーブルまみれだった以前の引っ越しよりだいぶ楽だ。

「配線工事、いつ入るんでしたっけ」

問いかけてきたのは、さきほど、ケーブルを片づけた女性社員だ。ひと抱えもある段ボールを手に動きまわっていたが、「ちょっと休憩」と千晶のデスクの隣へとそれをおろし、軽く肩をまわしている。

「予定は来月の十五日って聞いてたけど」

「それで間に合うの？」

彼女の運んでいる段ボールにはごっそりとファイルバインダが積まれていた。聞けば前回の引っ越しのときから未処理のままたまっていた書類らしい。

「それ、もう処理する必要あるの？」

「わかんない。ネットで商品管理するまえの、伝票とか資料とかみたいなんだけどね」

前任者から引き継いだものの、なにが出てくるのか怖くて開けられないのだと、埃《ほこり》のたまったファイルを撫でた彼女は、苦い顔で言った。

「いまさら引っぱり出しても、数年まえの帳尻あわせが逆に狂うだけじゃないかと思う」

「ああ……マイナス計上のぶんね」

倉庫から出庫した商品の現物と伝票とが嚙みあわない、という事態は、あってはいけないことながら、ない、とは言いきれない。検品の見落としや書類の抜けなど人的ミスが大半の理由だが、どうしても原因がわからないものは、紛失扱いのマイナス計上として、帳尻をあわせてしまっている。

「すでにブラックボックスと化してるのよね。いまさら出てきても困るし、引っ越しのついでに、これ処分しちゃまずいかなあ」

「俺じゃなくて上司にお伺い立てなさいよ」

「そしたら私の責任になるじゃない。やだよ、めんどくさいし。過去の遺物なんだからこのまま消えてくれればいいのにっ」

憤慨したような彼女の言葉を聞き流しながら、不必要になった古い書類を、片っ端からシュレッダーに放り投げていた千晶は、片頬で笑う。

（ブラックボックスか）

彼女の言ったとおり、見たくない過去など、魔法のように消えてしまえばどれだけ楽だろうかと思う。だが不可能な夢は見るだけ徒労と悟ってから、千晶は自由を求めてあがいてきた。

今度こそはきっと、決別できるだろう。幸い、仕事が忙しくてほとんど帰ってこない男は、千晶の部屋からは徐々に荷物が消えていることに気づいてすらいないらしい。

とはいえ、もとより千晶の荷物などたいしてない。家具などはすべて将嗣が買い与えたものばかりだし、ワードローブも地味なスーツが何着かあれば充分だ。

（最初に、はっきりさせればよかったんだ）

たとえば、強引に連れこまれて抱かれたあのあとでも、最初の別れ話の際にでも、新しく部屋を借りて逃げてしまえばよかったのだ。

どうでも将嗣が追ってくるなら、それこそ春重に協力をあおげば、なんとかなっただろう。

そうしなかったのは、つまるところ追われることに喜びを感じていたからにすぎない。

――Mだからだろ。いままで知らなかったのかよ。

決めつけられたあの日、泣きながら自分にはマゾヒズムなどないと否定したが、その後の行動を見ているに、かなり疑わしいと千晶は自嘲していた。

あんな男に捕まって、中途半端に逃げては連れ戻される行為を繰り返すあたり、立派なマゾヒストだとしかいえないだろう。

（せめて、ほかのなにかで役に立つと思えていれば、すこしは違ったのかな）

中途半端なＷＥＢデザインの仕事などではなく、春重のように彼の片腕的な存在になれれば、もうすこし気持ちも落ちついたのかもしれない。意地を張らず、仕事を手伝えという彼の言葉に――どれほど現場を見ることがつらいとはいえ――従ってしまえばよかったのか。

そんな自問自答は幾度も繰り返したけれど、けっきょくは無意味だとわかっている。

彼を『王将』と呼んでから、彼はことあるごとに名前を呼べと繰り返すようになった。千晶が従わないと責めさいなみ、どうにか『将嗣』という呼びかけを引きずり出す。

皮肉なことに、執拗に求められるほどに、千晶のなかではふたつの名前の乖離《かいり》は進み、そのうちにどちらの名前についても、乾いた感情以外持てなくなった。

そうまで壊れきりながら、いつまでも引き留められている自分の弱さに嫌気がさし、いつの間にか抵抗は形ばかりのものとなった。

幸いなのは、大学卒業後、お互い仕事に追われて多忙になったことだろう。

店を軌道に乗せるため、将嗣はすさまじい働きをみせ、二十六歳のころ、大学卒業から二年でホストを引退した。

千晶はその間、新入社員として会社で働きながら、ＷＥＢデザインにも興味を持ち、専門のスクールに通った。会社で必要なものも、そうでないものも、片っ端から資格を取り、勉強に打ちこんだのは、ある意味では自分のアイデンティティが危うかったせいもあるだろう。

入社して三年め、二十五歳を迎えたあとからの五年は、さらに加速度的にすぎていき——気づけば千晶ももう三十二だ。

いまとなっては、将嗣との関係は、数カ月に一度、ろくな会話もないままセックスをするだけという、同居人兼セックスフレンドのような状態になっている。

(といっても、最初からなんの感情を交わしたわけでもない)

千晶が一方的に惹かれ、将嗣が一方的に捕らえ、逃げ損なった結果がいまだ。

ときどき、ほんのかすかに、気持ちが通ったのかと感じる瞬間があっても、その後の残酷な仕打ちですべては幻想と思い知った。

「——柳島さん？　おーい、聞いてる？」

「え、……あ、ごめん。なに？」

物思いにふけっていた千晶は、呼びかけにはっとした。怪訝そうな彼女は「それ」と千晶の手元の書類を指さす。

「シュレッダーかけるなら、クリップとか針金はずさないとまずいでしょって言ったの」

「あ」

言われて確認すると、数枚綴じたままの書類が半分ほどシュレッダーに吸いこまれかけていた。あわててスイッチを切り、金具のついた部分を引き抜く。

「ぼうっとしてた。教えてくれてありがとう」

「なんか顔色悪いし、風邪？　インフルエンザとかじゃないよね？」

かつては寒い季節の流行だったけれど、近年新型だなんだと凶悪になったインフルエンザは、社内でも脅威の対象だ。社外から戻ったらうがい手洗いは必須、もしも罹患したら完治して三日は経つまで出社禁止と言われている。

「いま倒れないでよね、柳島さん抜けたら困るんだから」

彼女はおおげさなほどに顔をしかめてみせ、千晶は苦笑した。

「違うよ、疲れたまってるんじゃないかな」

「……まあね。この突貫工事で、みんなグロッキーだけど。引っ越しなら引っ越し用に日程取れっつうのよね。残業代は出ないしさ」

ぼやいた彼女は「とにかく気をつけてね。お邪魔しました」と言い残し、段ボールを抱えて去っていった。

顔に出るほどになっているのか。千晶は自分の肉の薄い頬を撫でる。たしかに顔色はあまりよくないだろうけれど、もともと痩せていて、血色のいいほうでもない。それでも、あれほどの男を相手にして、ごくたまにしか体調を崩すことはないのだから、丈夫なほうなのだろう。

（それでも、ぼちぼち歳は歳だ）

昔よりはダメージの回復に時間がかかるようになったし、セックス自体も、はじまってしまえば乱れるけれど、自分から積極的に求める気になれなくなった。

このままずるずると、さきの見えない関係に浸っていられない――千晶が遅すぎた決意を固めた理由のひとつには、自分の年齢を意識することが増えたせいもある。

将嗣とは、心より身体のつながりだけですごしてきた。十年経ち、どうにかその関係は途切れずにいる。けれど本当にそれでいいのか、という自問が激しくなったのは、三十をすぎてからだった。

異動に伴う昇進の際、繰り返し気遣われたのは伴侶の存在、もしくは将来的にそういう可能性のある女性がいるのかどうか、ということだった。

――幸いほら、柳島くん独身だし。とくにしがらみもないよね。

晩婚の増えたいまのご時世で、独り身であることを奇異に見られることは減ったとはいえ、折節に誰かの口にのぼる『結婚』や『家庭』という言葉には、どうしても反応してしまう。

ひとりで生きるほど強くはなりきれない。できれば、セックスではなく、ひととして結びあうなにかが欲しい。

将嗣に強引に目覚めさせられ、男は彼以外知らないが、それ以前に女性と寝ることもできた。たぶん千晶はゲイよりのバイセクシャルだ。将嗣に感情をずいぶんとすり減らされ、まともに恋愛できる自信はないが、人間的に愛せる女性はいると思う。

その相手を探すためには、将嗣がいては無理だ。あんな強烈で官能的で、不愉快でたまらないのに魅力にだけは溢れ、身も世もないセックスをする男がいたら、誰も目に入ってこない。

すくなくともこの十二年、そうだった。だからいままでのなかでもっとも遠い場所へと、今度こそ消えようと決意したのだ。

今度こそ、反対は受け入れない。抱かれても、もう曲げない。心に強く言い聞かせ、無意味にすぎた時間を、自分のために取り戻すのだ。

それがどれほど困難であっても、今度こそは——。

誓うように拳を握りしめた千晶は、目のまえの社内電話の内線ランプが光ったことで、我に返った。

「は、はい。システム、柳島です」

『外線五番に、お電話が入ってます』

受話器を取りあげると、つないでくれたのは今年の新人だった。そっけなく伝達するなり、すぐに内線を切ってしまう。

(またかよ。いっそオペレーションセンターで研修し直せ)

彼女は電話の応対がいつになってもだめで、誰からの連絡なのかを伝えない。腹立たしく思いつつ、ボタンを押して外線に切り替えた。

「お待たせいたしました。柳島でございます」

『機嫌の悪い声だな』

将嗣の低く含み笑う声に、背中がぞくっとした。

まさか会社の電話にかけてくるとは思わず、油断していたせいで動揺がひどい。私用の携帯を取り出すと、そちらに着信した気配もない。震えを隠して、千晶は小声で鋭く告げる。

「なんだよ。連絡は携帯にしろって言ってあっただろ」

『悠長なこと言ってられなくなってな。六時になったら会社のまえに迎えにいく。待ってろ』

「ちょっと、そんな勝手なこと言うなよ。午後に出社したばかりで、そんなこと」

『だめならしかたないけどな』

千晶の言葉を最後まで言わせず、将嗣は言った。その後、なにを告げるでもなく沈黙を保つ彼から、ものすごいプレッシャーを感じる。喉が乾上がり、ごくりと唾液を嚥下した。

「断ったら、どうする、んだ」

問いかけに、将嗣は『さあ?』と笑った。くすくすという声音は、けっして機嫌のいいものではなく、むしろ激怒しているからこそのものだと、いっそわからなければよかった。千晶は背筋の悪寒を払えないまま、どうにか答えた。

「六時じゃ無理だ。七時にしてくれ。作業が終わらない」

『六時半だ。これ以上は譲歩しない。逃げたらどうなるかは、自分で考えろ』

ぶつり、と唐突に電話は切れた。最後のひとことを発したとき、将嗣は笑ってすらいなかった。ごく静かな声の恫喝に、震えが止まらなくなる。

「柳島さん、悪いけど、これもシュレッダーに……」

さきほどの彼女が、紙束を手に戻ってきた。そして千晶の顔を覗きこむなり、息を呑む。

「ちょっと、やだ。顔色、真っ青よ。やっぱり具合悪いんじゃないの？」

千晶はなにも言えずに、かぶりを振るしかできなかった。

ただこれで、定時退社の理由ができてしまったな——ぼんやりと、そう思った。


六時半と言ったくせに、将嗣は六時には会社のまえに車を停めていた。

イタリアのものらしい高級車の名前を、千晶は知らない。もともと車に興味がなかったうえ、将嗣は手にしたものについてあれこれと語るタイプではなかったからだ。

ただ、革張りのシートや艶のある木製のパネルにステアリングなど、見るからに高そうだということしかわからない。そして走りはおそろしくなめらかで、静かだ。

将嗣は無言で千晶を車に乗せ、ドライブがはじまった。行きさきはわからない。ただ、見覚えのない道を走っていくことで、ふたりの住まいであるあの新宿のマンションではないことだけはたしかだと知れた。

パソコンの入った鞄を抱え、千晶は窓の外を眺め続けた。走り出して三十分ほどもしたころ、唐突に将嗣は言った。

「言うことききかなかったら、なにかされると思ったか」

「べつに……」

気のない声で答えながら、千晶は横目に将嗣を眺める。今日の彼は髪をうしろに撫でつけている。いつもよりも香水の香りが強く感じられ、服も仕事仕様のものであることに気づいた。

ちらりと眺めたウッドパネルにはめこまれたデジタル時計、時刻は夜の七時をまわっている。将嗣の店の一部営業が開店する時間だ。

「なあ、仕事は？」

胸騒ぎを覚えつつ問いかけても、将嗣は片頬で笑うだけだ。だがその目はすこしも笑っておらず、千晶は観念して、ストレートに言った。

「先輩から、なにか聞いたか」

「なに話したのかは、おまえがいちばんよく知ってるだろ」

せせら笑うような声が、耳障りだった。押し殺した怒りが、びりびりと伝わってくる。

「それに、おまえの会社のサイトには、本社移転のお知らせがすでに掲載されてる」

関係者への伝達と、移転に伴うサイト休止のお知らせは、辞令が下りてからすぐに告知されている。裏も取ったか、と千晶はあきらめの息をついた。

「山梨に移るんだ。俺もそっちで寮に入る」

「ふざけんな。地味に荷物持ち出すとか、ずいぶん姑息だな」

「ふざけてない。なあ、王将」

「それは俺の名前じゃない」

お互いまえを向いたまま言葉を交わすうちに、車は首都高速のＥＴＣを通過した。車窓を流れていく標識を見るに、神奈川方面へと向かっているらしい。たしか横浜のほうにもマンションだか持っていたなと、冷めた頭で千晶は考えた。

「おまえの名前だよ。女たぶらかして金稼いで、そうやって生きてきて、おまえは『王将』になったんだ」

「だとしても、おまえが呼ぶな」

声だけは冷静だけれど、将嗣も千晶も、ほんのすこしの刺激で爆発するストレスを抱えているのは肌でわかっていた。

だがもう、はじけるものならはじけてしまえばいい。いまさら修復できるなにかがあるとも思えず、千晶は淡々と指摘した。

「なんでだ？　ホストの俺を認めろ、こういう人間だって言い続けたのはそっちだろう。逐一ぜんぶ見せつけて、ひとを笑いものにしてたのはおまえだろう！」

将嗣は答えず、道路を睨みつけている。リアクションのなさに腹が立ち、胃の奥がじわりと熱くなった。

「今度こそ本気で、終わりにしたいんだ。俺は俺の人生、まともにやっていきたいんだよ。機会があるなら結婚だってしたい」

「結婚？　おまえがか？」

千晶の言葉に、彼はあざけるような声を発した。

「俺と十二年もセックスしまくって、いまさらほかの誰かに勃つのかよ」

「人間関係ってのはセックスだけじゃねえだろ。相手を信頼したり、尊敬したり、安心できたり。そういうのが俺は欲しいんだよ」

ぐん、と身体にGがかかり、千晶は目をしばたたかせた。メーターを覗きこむと、高速を走る車の時速は百キロをとうに超えている。

「おい、ちょっと、スピード出しすぎじゃないのか……っ!?」

将嗣は答えず、さらにアクセルを踏みこんだ。千晶の身体は一瞬、シートの背もたれに押しつけられ、反射的に冷や汗が出る。気のせいか、ジェットコースターに乗ったときに似た、ふわりと身体の浮くような、内臓が疼くような感覚があり、千晶は軽い嘔吐感を覚えた。

「王将、おいっ、スピード落とせ」

窓がびりびりと震え、警告音のチャイムが車内に鳴り響く。おまけにこの速度で突っ走るために、さきほどからずっと追い越し車線を走り続けているのだ。千晶は冷や汗を流してシートベルトと膝のうえの鞄にしがみついた。

車窓に目をやると、すべてがすさまじい勢いで流れ去っていき、状況が認識できないことにぞっとした。

「……わかった、わかったから将嗣、スピード落とせ、まだ死にたくない！」

叫ぶと、ようやく車の加速がゆるやかになる。ほっとして窓の向こうを見やると、保土ヶ谷IC《インターチェンジ》の文字が目に入った。

無言のまま、将嗣は出口方面へとステアリングを切った。どうやらここで降りるらしいと判断し、千晶は震える長い息を吐き出した。

(死ぬかと思った)

指先は震え、足もがくがくしている。腋下は汗びっしょりだ。心臓はスーツを叩く勢いで跳ねあがり、いまだにシートベルトと鞄を掴んだ手が離せない。

「あの程度でびびるなよ。この車の真髄は二百キロからだぜ」

「かっ、海外の話だろう。日本の制限速度を守れっ」

声をうわずらせながら咎めると、将嗣は声をあげて笑った。楽しげなのに、どこか神経質に響くその声が耳障りで、千晶はうっすらと涙ぐんだ目元をこする。

「この程度で泣くなよ、千晶」

なだめるようなやさしい響きが耳をくすぐる。けれどすこしも安心できず、小刻みに震えながら自分で自分の身体を抱いた。

一般道に入ってからはさすがに無茶なスピードこそ出しはしないけれども、法定速度はやはり破られたまま、車はどんどん進んでいく。

「次にだだ捏ねたら、こんなもんじゃねえって言っておいただろう。それを無視したんだから、覚悟はついてるんだよな？」

「だだ、捏ねた、わけじゃ……」

将嗣の笑み含んだ声に対し、あえぐようにして千晶は言った。真剣なのに、どうしてわかってくれないのか、そんな気持ちで隣を見つめ、そしてぞっとした。

見たこともないほど剣呑な表情で、将嗣は顔を歪めている。

「聞かねえ男だな、ほんとに」

どんなときであれ、笑いを——それが薄暗い嗤いであっても、絶やすことのなかった男が真剣に激怒するさまに息を呑んだと同時に、ギアを握っていた手が千晶の肩を捕らえた。

「ん……っ！」

ねじりこむような口づけの間、車は走り続けている。まえを見てくれ、頼むから、と心のなかで叫びながら、口蓋をねぶられ、舌を吸われた。

「……っ、まえっ、まえ見ろ！」

どうにかキスから逃れて叫ぶと「見てる」とそっけない返事があった。じっさい、千晶の唇をもてあそびながらも、視線はしっかりと前方を見据えていたらしい。余裕の違いに悔しくなり、ぬめった口元を袖で拭っていると、ふっと将嗣が鼻で笑った。

「心配すんな、もうすぐ着く」

「どこに……」

「いまさら聞いてどうする。もうなんも関係ねえだろ」

「関係ないって、どう——」

ふたたび読めない笑みを浮かべた男は、しばらくの間を置いて答えた。

「関係ねえんだよ」

すさんだ声に、千晶は言葉をなくし、ただ震えるしかできなかった。

＊　＊　＊

連れてこられたのは、横浜のどこかにあるマンションらしかった。これも彼の持ち家のひとつなのだろう。だが、中身はあの新宿の部屋とは大違いの、簡素なものだった。

間取りは3LDKのようだが、玄関から正面にある居間は空っぽ。そのなかのひと部屋に、大きな新品のベッドと、古びたエアコンが設置されている。しかしそれ以外の家具はろくになく、カーテンすらかかっていないおかげで、異様に広く感じられた。

あきらかに異質なその部屋へと足を踏み入れたとき、千晶はとっさに逃げようと思った。だが将嗣がそれを許すわけもなく、唯一ベッドのあるその部屋で、シャツ以外の服をすべて脱がされた。

「なに……なに、する、気だ」

「とぼけてどうする、なんか意味あんのか」

　残った一枚は、うしろ手に腕を拘束するために使われ、突き飛ばすようにベッドに押し倒された千晶はろくに抵抗もできなかった。

　そして将嗣は、前戯もなくおざなりに慣らしたあと、すぐにジェルボトルのさきを突っこんできた。いつもより勢いよく注ぎこまれ、不快感に身をよじる暇もなく、いきなり挿入される。

「ひ……っ」

　乱暴に扱われても、慣れきった身体はすぐに将嗣を受け入れた。それどころか、激しく腰を使われ、痛むくせにひと突きごとに悶える自分がいるのが情けなかった。

「ほらな、すぐこうなる」

　だらしない身体をあざけって、将嗣が笑いながら勃起をしごいた。それでも、あまりの強さに粘膜の縁がひりつくのも事実で、情けない声をあげながら千晶はしゃくりあげた。

「っい、痛い、いた、い……っ」

「濡れが足りねえのか？　だったら、やるよ」

　ろくに服すら脱がないまま、将嗣は忙しなく腰を動かした。動物的なくらいのそれは、的確に千晶の弱みを摑んでいる。

「あ、あ、あ、あ、あう、……あうっ」

言葉もろくにかけられないまま、大きく突きあげられ、なかに射精された。体内に熱い飛沫を感じた千晶は仰け反ってあまく叫ぶ。痴態に、将嗣がおかしそうに笑った。

「なか出し好きだよな、千晶? 出されるといっちゃうもんなあ?」

「い……ひ、いや……」

「いや、じゃねえよ。すっげえ、ぐっちょぐちょ。さっきイったばっかりだしな」

将嗣はくく、と低く笑って、さらに複雑に腰を揺り動かした。

放出したばかりの精液をなじませ、染み渡れと言うように襞《ひだ》にこすりつけ、呑みこませる貪欲な腰使い。凶悪な熱塊の全容をすべて、千晶のなかに触れさせる。ぐりぐりとこねまわし、反対に回転させたあと、小刻みなピストンでのたうちまわらせる。

「いや、いやだ。こんなやりかたは……っ」

「本当にいやなら、こんなんなりゃしねえんだよ。ちょっと突っこんだだけでこうなるくせに、なんで素直にならない」

将嗣の言葉どおり、ろくな愛撫もなく、こちらのことなどなにも考えない一方的な蹂躙であったのに、千晶は彼が達すると同時に射精していた。快楽と認識したわけでもない、ほとんど反射でのものだったけれど、それだけにショックだった。

(いやだ、こんなのは、いやなのに)

身体が心を裏切る。あざ笑うように、将嗣の声が残酷に事実を突きつけてくる。

「おまえの身体は、もう俺専用にしつけがすんでんだよ。いいかげん、あきらめろ」

「あっ、いや、あっ……あふっ」

ベッドのうえ、腕のなか、この時間にはなんの虚勢も張れない。将嗣のためだけに長い時間をかけて仕立てあげられたセックスドールになって、奔放《ほんぽう》に貪婪《どんらん》に快楽を貪るだけになる。

「警告はしただろ。覚悟しろって」

「そんな一方的な話があるか……っ。これだからいやなんだよ。だから別れたいんだ！」

「聞かねえっつってんだ」

猛然と足をばたつかせたけれど、それ以上抗議することはできなかった。

唇を塞がれたまま、ふたたびの行為がはじまり、まともな言葉を紡ぐことなど不可能だったからだ。

それから長い間、もうろうとするまま、千晶はただ声をあげ続けた。

繰り返し追いつめられ、なぶられるたびに反抗心は薄れてしまい、脚を開いたまま与えられる快楽に溺れていく自分が、情けないのをとおりこして哀しかった。

（どうしてこんなに、弱い）

いくのを我慢する代わりに、縛めた腕を解放してもらった。その手で男の首を締めあげるどころか、シャツすら脱がない将嗣の身体にしがみつき、彼にあわせて腰を振っている。

だが、将嗣のフレグランスが汗と混じり、彼独特のにおいに変わるのを間近で嗅ぎ取ってしまうと、まるで麻薬のように脳が痺れて、なにもわからなくなるのだ。

(俺は、本当にどうして……将嗣も、どうして)

いくつもの疑問と疑念が脳をかすめるけれど、肉を打ちつける身体ほどの鮮明さはない。そして自分をいたぶる愛撫と、力強い挿入と、あまい香りとささやきほどに、千晶を捕らえもしないのだ。

さまざまな動きにつれて変わる音さえ楽しみ、将嗣は淫らな声をやさしくあまく発した。

「ほら、おまえのとろとろの……が、うまそうに食ってる」

「いあ、やっ、言うな……っ」

千晶は必死でかぶりを振る。そのくせ、つながった場所は将嗣の言うとおり、彼を吸い食むようにぐねりぐねりと蠢いた。おいしい、とってもおいしい――そう訴えて、将嗣をいやしくしゃぶっている。

角度を、体勢を何度も変え、すこしでも長く味わうために引き延ばすやりかたは、将嗣のお気に入りだった。はじめてセックスをしたときから、千晶の身体を味わいつくすと彼はいろんなことを試した。性技のすべてを教えこまれ、千晶もひとつひとつ覚えていったけれど、新しいことをされるたびに、まだこんなことができるのかと驚くばかりだった。

そしてそのたび、壊された。

「気持ちいいだろ」

執拗に快楽を引きずり出しながら、言葉でしっかり言えと、将嗣は強要する。そうして千晶に快楽を望んでいると認識させ、落とす。十二年かけて仕込まれた性癖は、千晶の唇を淫らに開かせ、条件反射のように声を出させた。

「あーっ、あーっ、あー……！　きも、ちいいい、きもちいいい！」

「もっとだ千晶、もっとよくなる」

言いながら、将嗣はむつみあった粘膜の際《きわ》に触れ、みっちりと拡がった肉の縁を指で拡げた。ペニスの横から指を挟みこみ、過敏な場所を裏から撫でるという強烈な愛撫に、千晶はひいひいと泣きよがる。

「いや、は、もぉ入らない、も、むりっ」

「入ってんだろ。ぬるぬるのとろとろだ……ほら、な？」

「ひっ！」

肉をかき分けるようにペニスを押しこみ、腰をまわし続ける。こらえきれずに千晶が将嗣の尻を掴むと、ぐりぐりぐりぐりとえぐられ、喉からは悲鳴がほとばしった。

「これ、したことなかっただろ。どうだ？」

「あっ、あっ、ないっ」

「すげえな千晶……いい顔だ。絡みついてくる。気持ちいいな？」

「うん、うん……気持ちいい、いい……」

　よすぎておかしくなる。舌をだらしなく突き出し、涎を垂らして悦ぶ千晶は、ふだんの意地もなにもかなぐり捨て、男の背を掻きむしった。

「ずっとそうしてりゃ、いいんだよ」

　淫らにすぎる表情に将嗣は微笑み、千晶の流した唾液をすすり、舌先をぐりぐりと押しつけあってさらなる官能をかきたてる。

（ずっとなんて、無理に決まってるだろう）

　毒のようなセックスに対抗できるほど、強くはない。堕ちるのも早く、けれどだからこそ我に返ったときの反動がひどいのだ。自分のさらした痴態が、あっけなさが――そうさせる将嗣が、いとわしくなる。

「考えんな、千晶。ほら、Gスポット叩いてやる」

　淫猥な言葉とともにリズミカルに突かれ、千晶は絶叫した。女じゃない。そんなところはない。そう言って抗いたいのに、まるで狂ったような淫らな声しか出てこない。

　感じすぎる一点を圧迫され、強くあまくこすりたてられると、爪先が痙攣した。

「ほら、いいならいいって言え。やめるぞ」

「いい……いいよ、いいよっ！　あ、いい、あ、あひ」

　悲鳴をあげ続ける千晶の痴態に舌なめずりをして、深く突きいれたまま、将嗣はベッドに背中から倒れこむ。したから信じられないほど激しく押しあげられ、背後から伸びた手に乳首をつまみ転がされ、性器の先端をつぶすように揉まれ、千晶は半狂乱で叫び続けた。

「だっ……め、だめ、あ、またいく、いくう、いっちゃうか、らぁ！　あ！」

がくがくん、と身体中がバウンドした。筋肉が勝手に腰を突きあげ、卑猥にぐねぐねと動く。刺激され続けているので、射精はすでに何度目かわからない。すでに感覚も麻痺しはじめ、挿入だけで達したのかどうかすらも、判断できなくなっていた。

（このままじゃ、狂う……）

千晶が達したあと、休ませてくれという暇もなく将嗣が腿を抱えあげ、垂直に身体が交わる形で突かれる。

「おか、おかしくなっちゃ、……ぁあ！　い、ああああ！」

絶叫して暴れた細い身体をもう一度仰向けにさせ、大きく両脚を開かせたまま、今度は結合部が垂直になるくらいに身体を離して、へその裏を突きあげてくる。

「あひ、あひ、あっあっあっ、だめだめだめっ」

「だめじゃねえだろ、千晶。これだけでいき続けっと、いつも潮吹きするよな」

「ちが、しない、そん……っ、やあぁっ、あっ！」

「違わねえ。射精じゃすまねえだろ、おまえ」

揶揄の言葉を吹きこまれ、千晶は全身を赤らめて暴れた。

「いやだ、いやだ、あれはやだっ」

立て続けに射精させられたあとも追いこまれると、千晶の身体は精液ではないなにかを漏らすほどになっていた。失禁とも違うそれが、彼の言ったとおり男にも起きる現象なのだと知ったときには愕然とした。

おそろしく消耗するし、めったにされることはないけれど、大抵将嗣の機嫌が悪いときに、文字どおり精も根も尽き果てるまで千晶は嬲《なぶ》り続けられる。

「てめえの意見なんか訊いてねえよ」

案の定、冷たく傲慢に言い放たれ、逃げまどう手足を押さえつけられる。

(どうして)

はじめて『それ』をされたのは大学卒業の直前のこと、きっかけは、将嗣が夜の世界で聞きこんできた、都市伝説じみた話からだった。

——ほんとに吹くかどうか、試させろよ。

そんな言葉で、セックスを延々と続けた将嗣は、本当に千晶の身体を変えてしまった。最初は失禁したのかと羞恥にまみれ、その後、それが尿でも精液でもないと知ると、ほとんど恐慌状態になって千晶は泣きわめいた。

(堕ちる。壊れる。変わる——戻れない)

ひととして、なにか自分が間違ってしまったような恐怖。けれど泣き続ける千晶を抱きしめた将嗣はひどく満足げで、それからしばらくの間は、驚くくらいにやさしくなった。

「どう、して……？」

なぜ、ふつうに抱くだけで許してくれないのだろう。調教じみた真似までして、いったいなにがしたいのかわからない。泣き濡れた目で見あげると、彼はほんの一瞬、眉を寄せた。

（え……？）

いっそ苦しげな表情に戸惑う。けれど表情の意味を見定めるまえに、すさまじい勢いで腰を動かされ、千晶は目のまえの広い肩を引っ掻く。

「ひ、いやだ、怖い将嗣、だめ、だめだめだめっ」

過《あやま》たずポイントを叩き続けられ、千晶はじたばたと手足を暴れさせる。逃れようとする腰をそのたび捕まえられ、ずんずんと突きまくられた。あまい蜜の入った袋がそのたびにぱちんと弾け、千晶は全身を真っ赤にして感じ、叫ぶ。

「嘘つくな。ほら、もっと感じて。もっとイクイク言え、ほらっ！」

「あいっ、いっく、やぁあ、いくいくイクイクいくっ！　あー！　あああ！」

ぎゅん、とうねった粘膜を突きまくられて、微量の精液が溢れ出した。だが将嗣はそのまま抜き取ることはせず、痙攣する粘膜をごりごりとペニスでこねまわす。

「まだ、だな。……もっといけよ、ほら。いいんだろ、気持ちいいな？　千晶」

「んぐう、い、か、はっ……い、や、いや、いや」

押しつけられた男の身体。下生えが過敏な入り口を、強いペニスに粘膜の奥を執拗に嬲られ、千晶は忘我の境地にいた。

「だめだ、飛ぶな千晶。ちゃんと見ろ、俺を見たまんま、いけ」

「こわ、れ、ちゃ、あうっ」

もがいて肩を引っ掻く千晶の手を握り、将嗣は強く口づけた。はっと息を呑んだ千晶の身体を支えなおし、仰け反ったままぴんと立つ乳首に舌を這わせる。

「壊れたりしねえよ。そのためにここを、こんなに育てたんだ……とろっとろに、全部入るようにしたんだから、な」

とろけきった粘膜に、そのやわらかさを教えこむように腰を大きく動かし、抜き差ししたあと、また奥までしっかりと嵌《は》める。亀頭がずぬりと動く感触に、千晶は痙攣した。

「ほらな？　どんなに動いたって俺を全部呑む。いい子だ」

ぢゅうっと乳首を吸われ、神経がそのままつながっている場所がずくんと疼いた。はく、はく、と声にならない声をあげた千晶は、力ない手で将嗣の肩を掴む。

「だから、もっといけよ、もっと感じろ、もっと！」

絶叫し、逃げまどう腿を両脇から挟み、なにをどうしているのかわからない動きで将嗣は千晶を追いつめた。

がくっがくっと細い首が触れるけれど、もう言葉にならない。脳の奥まで将嗣のペニスに犯

され、どうなっているかすらわからないまま、本能のままに腰を揺り動かし続ける。

「カラダはついてきてる。千晶、ほら、……ほら、いけるだろ、ほら！」

「あーあああ、あああああっ！」

びくびくびくん！　と千晶は達した。そして強ばったペニスから、ぷしゃ、ぴしゅ、としぶくそれに満悦の笑みを浮かべた将嗣は、すこしだけ腰の動きをゆるやかにし——しかしうねうねと刺激するのはやめないまま、過敏な身体をかき抱く。

「いったな、千晶。続けていった。なあ？　ほら、言ったとおりだろ」

「も……もお、やめてくれ……もう……」

「だめだ。もっとだ千晶」

いっぱいいいかせてやるって、約束しただろう。耳をねぶりながら、将嗣はあまくささやきかける。千晶が望んだとおりだと、がくがく震えるやわらかい身体を抱きしめる。つながった下半身は、シーツが透けるほどに濡れていた。

ぼたぼたと将嗣から、汗が降りそそいでくる。顔のうえに落ちるそれを無意識に舐めると、「口あけろ」と言われて舌を出し、あまい唾液をとろとろと吸いあった。

そしてまた、将嗣が動き出す。

「あひ、また、いく、も……もうイくのいやぁ、や……っ」

「嘘つくな。俺のチンポ欲しくて、しがみついてるの誰だよ？」

心臓が薄い胸郭を押しあげるほどに激しく脈打ち、心は張り裂けそうになっている。疲れきって、もう気を失う寸前だ。逃げたい。けれど身体は震えるばかりで、力が入らずに弱々しくかぶりを振るしかできない。

「もう、いや、本当にやだ、ああ、あああっ、しぬ、も、死ぬっ」

「上等だ。これで死ぬなら、死んじまえっ」

ぬろぬろと陰嚢《いんのう》まで押しこむような動きに身悶え、言葉とは裏腹に千晶は将嗣の尻にしがみつき、もっとと身体中でせがむ。引き締まった身体に爪を立て、指先で触れた精の袋がぎゅうっと縮こまっているのを感じ、千晶はあえぎながらねだった。

「もう、だし、だしてぇ、終わって」

「まだだ、千晶、まだ……」

将嗣の声もかすれている。荒れた息が頬にかかり、叩きつける動きは小刻みで速く、もうすこし、もうすこしと急かすようなものになる。

「ん……っ」

小さく呻いた将嗣が、体内に放ったのだと感じたときにはもう、ようやく終わったという安堵しか覚えなかった。

全身が病気かなにかのように震え続け、見開いた目から涙が止まらない。汗に湿った髪をかきあげた将嗣は、千晶のなかをさんざん苛《さいな》んだものを抜き取る。

さすがに息が切れたらしく、無言のまま見おろしてきた男の表情は読めない。そもそも、流れ続ける涙のせいで、視界はあいまいに歪んでいた。

はく、はく、と意味もなく開閉させた唇から吸いこんだ空気が肺を痛めた。幾度か咳きこみ、身を護るようにしてまるまった千晶は、とぎれとぎれの声でつぶやく。

「なんだ」

「……して」

「聞こえねえよ。なんだ?」

もう許して。勘弁して。お願いだから、もう、楽にさせてくれ。

ほとんど吐息だけの声で、うつろに繰り返す。将嗣は無表情にそれを見おろし、唇を歪めた。

「誰が楽になんかするか。苦しめ」

憎んででもいるかのような声がした。突き落とされるような感覚に眩暈を覚えた千晶は、そのまま意識を失った。

搾り取るだけ搾り取られたせいか、その数時間後、千晶は熱を出した。

もともと疲労気味だったところに拉致監禁で、たぶん神経がすこし、まいってしまったのだろう。

「きついか」

汗を流す火照った頬に、冷たいタオルが押し当てられた。頭のしたには冷却パック。冷蔵庫すらない部屋だから、おそらく買ってでもきたのだろう。

――誰が楽になんかするか。苦しめ。

あのとき、もうろうとしたままでも、将嗣のあの言葉は聞こえていた。そう告げる彼のほうが、よっぽど苦しそうで、いったいなぜだろうと千晶は考えた。

そして、苦しめと言ったくせに、千晶がいざこうして弱ると、世話をしてみせるのはどうしてなのだろう。

「まえも、こんなことあったな」

「まえ？」

「俺が、昔倒れたら、看病してくれた」

なつかしい、とつぶやいて目を閉じると、将嗣が身じろいだ。驚いているような気配があって、千晶は熱に曇る目をうっすらと開ける。

「なんだよ」

「……なんで、笑う」

「笑ってたか？　俺」

茫洋とかすんだ目をしばたたかせ、千晶は横たわったまま小首をかしげた。無意識のことだし、熱は出ているし、自分の表情にまで責任は持てない。

「熱のせいだろ」

かすれた声で告げると、ああ、と納得したのかしていないのかわからない相づちが聞こえた。

将嗣は矛盾だらけで、意味がわからない。謎が多すぎて、そういうところにも惹かれているから、この想いはタチが悪いのだ。

――あいつは頭と心が複雑骨折してんだよ。

春重はそう言っていたけれど、千晶も認めざるを得ない。将嗣は、ある意味本気で病気だ。こんな常軌を逸した真似をするなど、どうかしている。

どうかしているというのならば、千晶も同じだ。

(あれだけ無茶されて、俺も危機感ないな)

暢気に寝ている場合なのだろうか。油断している隙に、逃げることを考えるべきなのか。だが身体はままならないし、もはやこうなった以上、状況を受け入れる以外にないのだろうか。

湿った髪を、将嗣の指がかきあげる。汗の浮いた額を、冷たいタオルが拭っていく。やさしいと言っていい手つきは、遠い昔、うっかり彼の膝枕で眠ってしまったときのことを思い出させた。

「手……」

「ん？」

「手が、好きで……」

つぶやく言葉は最後まで声にはならず、すうっと千晶は眠りに落ちる。

長いこと、いったいこの男のどこに惹かれたのか、わからずにいた。セックスアピールや容姿だけでは腑に落ちなかったからだ。むしろ将嗣の醸し出す強烈な官能性が怖いとすら思っていたし、言動にはいちいち腹も立った。

けれど、もしも恋に落ちる瞬間が――そんなきれいなものが、ふたりの間にあったとしたら。

(膝枕されて、頭、撫でられて……それが、すごくやさしかった)

あの瞬間、千晶は彼に、落ちたのだろう。たったあれだけの、些細なことで。傲慢で冷たそうで身勝手な男の、ごくささやかなあまやかしのせいで。なんて幼稚で単純なことか。

「……ふふ」

寝ぼけながら、そんな自分がおかしくて、笑えた。ゆるんだ表情はたぶん、その場にいる男にはろくに見せたことのないものだった。

「だから、どうして笑う……？」

頭上から聞こえたため息混じりの声は、なぜだか耳に心地よかった。

＊　＊　＊

幸いひと晩で熱はさがったが、目が覚めると、本格的な監禁生活がはじまっていた。

携帯電話、財布、パソコンの入った鞄は、どこにもなかった。むろん、部屋のなかに電話もなければ、テレビやラジオのたぐいも、時計すらもない。

幸い、部屋とバストイレは続き間になっていたが、外につながる扉にいつの間にかついた鍵は、外からしか開かない。衣類も与えられず、あるのはベッドとシーツと布団のみ。

殺風景な部屋のなかで異質なのは、部屋の隅に設置されたペットカメラだ。ネットを通じて千晶の画像を将嗣に送り続けるらしい。その存在に気づいたのは、閉じこめられておそらく四日以上は経過したころだ。

おそらく、とつくのは時間を知るためのものがなにもないからだ。とりあえず目覚めて日の光を感じれば、一日経ったとカウントしているが、それも荒淫にぼろぼろになって気絶し、熱が下がってからの話だから、正直あやしい。

「俺の仕事、どうしてくれるんだ」

食事は朝と晩、将嗣の手で届けられていた。もそもそと、この日の朝食——とはいえおそらく時刻は午後だろう——のハンバーガーを囓りながら、低い声を発した千晶に、将嗣は淡々と答えた。

「会社にはインフルエンザの病欠届けを出してある。診断書つきだから安心しろ」

「できるかよ」

将嗣の堂々とした嘘は、あっさり通ってしまった。皮肉にも拉致されたあの日、顔色を悪くした千晶を同僚のひとりが心配し、インフルエンザでは……と疑っていたせいだ。

「犯罪だぞ、診断書の偽造も、監禁も」

「ばれなきゃかまわん」

「最近、仕事の手、拡げてんだろ。こんなとこに来てていいのか」

「春重がなんとかするだろ」

冷えきった声でのすさんだ会話。おまけに千晶は素っ裸で、世にも怖ろしい形相で睨みつけてくる男の監視つき。こんな状況で話が弾むわけもない。

「帰ってくるまで寝てろ」

「寝るよ。それしかすることないし」

短いやりとりの合間に味気ない食事を終えると、厳重に鍵をかけて将嗣は出ていった。

部屋のなかが自分ひとりになると、なんだか気が抜けた。

ため息をつき、ベッドに転がると、洗剤のにおいがした。千晶が意識を失っている間に替えるのだろうか、あれほどセックスまみれになっているのに、シーツはいつも清潔だった。

奇妙な話だ。ひとを裸で監禁しているくせに、こういう気だけはちゃんとまわす。

「おかしいだろ、あいつ」

食事にしてもそうだ。なにを警戒するのか、サンドイッチやおにぎり、栄養補助のゼリー飲料にハンバーガーなど、手で食べられるものだけ。凶器や道具になりそうなカトラリーのたぐいはいっさい与えられず、しかも食べ終えるまでは監禁した本人の監視つきだ。

「べつに刺したりする気はないのに」

千晶は言葉以外では反抗するつもりはなかった。連れこまれた初日の、性行為の際の中途半端な抵抗を除き、殴りかかってみたことすらない。

暴力ざたになったら体格差からも負けるのは目に見えているし、ひとにばれたら事件になるような真似までするつもりもない。それとも心配しているのは自殺だろうか？

「それこそ、もっとやる気力もねえよ」

考えるだけで疲れる。毎晩苛まれる身体がだるくて、なにをする気力もなかった。初日に熱を出したうえ、看病までされて、抵抗するタイミングを逸したというのもある。

(それに、どうせこんなこと、いつまでもは続けられない)

千晶を閉じこめても、将嗣は――『王将』はしっかり仕事に出ていく。

ご苦労なことに、一部営業と二部営業のそれぞれが終わったあと、新宿から片道四十分車を飛ばしてこのマンションに訪れ、千晶に『エサ』を与えて、帰っていくのだ。

監禁初日には仕事をサボったせいで、春重になにやら嫌味を言われたらしい。千晶にしてみれば、嫌味程度ですむ話ではないのだが、むろんあの先輩はいまのこの状況を知らないだろう。

――いまね、王将、仕事すっげえ広げてんのね。

春重の言葉が事実だとするなら、将嗣は本来、こんな無茶な行動を取っている場合ではないはずだ。千晶の不在にはそのうち春重も気づくだろうし、いずれ解放される日もくるだろう。

(俺は、それを待ってればいい。どうせたいした期間じゃない)

不思議なことに、殺されるだとか、そういう心配だけはしていなかった。どころか、自分でもおかしいくらいに腹も立たない。

(アレのせいかな)

寝転がったまま首を巡らせると、ジジ、と小さな音を立ててペットカメラが作動しているのがわかる。四六時中を監視されているというのに、なぜだかそれが、見守られているような気分に感じるのだ。

ごろりと寝返りを打つと、カメラがまた、ジジ、と音を立てた。温度変化で生き物を検知できるセンサーつきのそれは、水平方向に三〇度、垂直方向に八五度の稼働域でレンズを動かし、千晶の些細な動きも追いかけるらしい。

白っぽいメタルカバーに黒いレンズ稼働部分というデザインのせいで、カメラはまるで、コンパクトなひとつ目小僧とか、どこぞのアニメの目玉だけの親父のようにも見えた。

千晶はしばし、まばたきもせずそれをじっと見つめていた。いま現在の自分と外界をつなぐ唯一の絆はこれなのだ。そしてその向こうには、将嗣がいる。

レンズに向け、思いきり舌を出してやると、千晶はそっぽを向いてふて寝を決めこんだ。

夜になり、食事を持って訪れた将嗣は、開口一番言った。

「おまえ、カメラに向かって喧嘩売るな」

「べつに売ってない」

口答えをしつつ起きあがり、手を差しだした。その仕種に、将嗣のほうが驚いたような顔をする。

「それ、飯だろ。くれよ」

「あ？　ああ」

渡されたのは、まだあたたかいクラムチャウダーとクラブハウスサンドイッチだ。裸の身体にシーツを巻いて「いただきます」と言うなりかぶりつく千晶を、将嗣はじっと眺めている。それが、いつもの監視するような目つきと違うことに気づき、千晶は目をしばたたかせた。

「なんだよ」

「いや。……自分でやっといてなんだが、監禁されててよく食えるな」

「ほかに娯楽もなんもないだろうが」

言葉の刺に、将嗣が鼻白んだ顔をした。千晶は素知らぬ顔でクラムチャウダーをすすり、具のアサリを噛みしめたあと、平然とした顔で要求した。

「次は、なんかあまいもの買ってきてくれ」

「あまいもの？　どんな」

「なんでもいい。チョコとか、シュークリームとか」

ひとりの時間は寝ているしかないとはいえ、この食事のあとには大抵セックスがある。おまけに日に二食では、カロリーの摂取より消費のほうがあきらかに勝っているらしく、たった数日で千晶は痩せた。

「わかった。買ってくる」

「ありがと」

礼を言うとまた将嗣が妙な顔をした。変なやつだと考えているのは、次の言葉を聞かなくてもわかっていた。

「この状況で、なんで礼が言えるんだ」

「自分の頼みを聞いてもらえたから？」

千晶にしてみれば、礼くらい言ってもいいと思えたのだが、ますます将嗣は眉をひそめる。

「拉致られて裸で監禁されて？　それで駄菓子ひとつで礼が言えるのか」

「だってどうせ、俺ひとりだし」

正直いって、いままでにもそれどころではない辱めは受けてきたのだ。むしろ、誰もいない状況か将嗣とふたりきりで素っ裸なぶんには、なんの問題もないとさえ思えた。

そんな自分の基準値や価値観が、もはや狂っていると冷めた頭で考えるが、それすらもいまさらの話でしかなかった。

このマンションに連れこまれてからというもの、奇妙なくらいに千晶は冷静だった。そして穏やかでいられた。

逃げたくて逃げたくて、怯えて怖かった。けれどいざ捕まえられてしまい、予想したなかでもっとも最悪のことが実際に起きてしまうと、意外と取り乱しもしなかった。

それどころか、望んでいた解放と真逆の状況になったというのに、妙な安堵を覚えている。

(監禁されてはじめて、こいつのまえでなごんでるってのも変な話だ)

もはやおかしささえも感じて、小さく笑うと、やはり将嗣は複雑な顔をしていた。

熱を出したときもそうだったが、将嗣は千晶が笑うと変な顔をする。めずらしい表情をじっと眺め、千晶は口を開いた。

「なあ、なんか話せよ」

「なんかって、なにをだ」

「なんでもいいよ。会話に飢えてんだ。おまえしかいないんだから、おまえがしゃべれよ」

千晶の要求に戸惑ったような気配をみせる姿が、やけに新鮮だった。いままでおよそ、困らされることはあっても、彼を困らせた記憶はない。いつでも動じないし、こちらが取り乱して暴れるほどに、おもしろそうに笑っていた。

（ああ、もしかして抵抗しないから、拍子抜けしてるのか？）

ひとをマゾだと決めつけたりと、たいがいひどい男だが、将嗣がS属性なのは完璧な事実だ。ぬるい関係でいるのは不満足なのかもしれない。そう思うとよけいに笑えてきた。

「だから、なんで笑う」

「さあね。……話さないなら、こっちから質問。いやなら答えなくていいけど」

食べ終えたサンドイッチのパックとスープのカップをごみ袋に詰めこみながら、千晶は思いついた質問を口にした。

「なんでホストなんかはじめたんだ？」

そういう質問が来るとは思わなかったのだろう。将嗣は一瞬目をまるくし、だが黙秘することもなく答えた。

「金が欲しかったから」

「単純明快な答えをどうも。じゃ、次。春重先輩とは仲いいけど、いつからのつきあい？」

大学が同じだということはむろん知っているが、将嗣と春重との間には、なにかそれだけでは説明できない、強い絆のようなものがある。ことに春重は、オープンマインドに見せかけて意外に秘密主義でもある。

「なんでそんなこと、いまさら訊く？」

「機会がなかったから。詮索するオンナみたいで、訊いていいもんかもわからなかった。けどもう、ここまでくりゃ、ぶっちゃけてもらうしかないだろ」

千晶がつけつけと言うと、将嗣はしばし無言で見つめてきた。そのあと、めずらしいことに、やわらかい表情でふっと微笑む。

「……さっさと監禁すりゃよかったのか」

「なんだそれ」

意味不明なことを言う彼に顔をしかめると、なんでもない、と将嗣はかぶりを振った。

「春重と知りあったのは、支援機関に奨学金の申請にいったときだ」

「奨学生って、……将嗣も?」

はじめて知ったと千晶は目をまるくした。大学時代、将嗣と春重のふたりはひどく華やかで、まさかそんな事情があるとは誰も知らなかっただろう。春重がそういう支援に頼っているのは知っていたが、目のまえの男までがそうだとは知らなかった。金回りのよさから、むしろ素封家の息子かなにかだろうと思いこんでいた。意外そうな表情に苦い笑みをみせ、将嗣は言った。

「俺は途中で仕事はじめたし、おかげで留年したから打ち切られたが、あいつは四年分しっかりもらったはずだ」

金が欲しいという言葉の重さに、急に胸が苦しくなった。

思えば将嗣の家のことなど、なにも知らない。千晶も訊いていいものかわからなかったし、彼が自分から語る男ではなかったからだ。

「ええと。将嗣の親は？」

「生きてはいる」

素っ気ない返答に、やはりタブーなのかと千晶は口を閉ざした。ここ数年、彼に対して踏みこむ気にはまったくなれずにいたので忘れていたが、かつてもこうして、内面に触れる話になると、ものすごい勢いで壁を作られたものだった。

そして聞きそびれ、お互いなにも知らないまま、ここまで来た。いまさら崩すには、あまりに高い壁で、いくら開き直ったとはいえ、触れるのにはためらわれた。

かすかに顔をしかめた千晶に、将嗣は皮肉な顔で笑った。

「べつにめずらしい話でもない。未婚の母ってやつだったし、当時あいつは十代だったから、俺はじいさんたちに育てられた。それだけのことだ」

それだけ、とはとても言いきれないなにかがあるのを言外に感じ、千晶は質問の方向を、ほんのすこしずらした。

「金が欲しい、のはわかった。でもいま、充分稼げてるだろ。なんでそこまで、店、大きくしようとするわけ」

「誰にも取られない、自分のものが欲しい。それがでかけりゃでかいだけ、いいだろ」

世慣れた男の、どこか子どもじみた言葉に、千晶はすこし驚いた。そして春重の言葉を思い出す。

——ほんとは案外、単純なことしか考えてないよ。

あの言葉を春重に告げられたとき、まさかと思った。けれどいま、信じがたい状態に置かれている自分がいる。逃がさない、イコール監禁だとすれば、たしかにこのうえなく単純だ。

「……用意が周到すぎて、どうかしてるけど」

小声でつぶやくと、聞こえなかったらしい将嗣が「なにか言ったか」と問いかけてくる。厚顔なくせに悪口には敏感なのかとおかしくなりながら、「なんでもない」と笑った。

複雑で読めないと感じていた王将のなかにあるものに触れ、どれだけ自分が彼を理解していなかったか、しようともしなかったかを思い知る。

「ここって、社員寮のひとつなのか？」

「二号店、横浜に出すつもりだったころに、そうしようと思ってた。けど、方向変えて飲み屋になったから、浮いてる物件だ。それに、全員が寮に入るわけじゃねえしな」

バタフライ・キスの社員寮は、ランキングがあがればグレードもあがるシステムになっている。ナンバーズの連中やトップ5までの稼ぎのいいものは——好きこのんで残っている勇気を除いて——すでに自分の稼ぎで部屋を持っていたりする。

けれど、その他の下っ端はすべて体育会系学生のような寮生活を送るのだと、将嗣は説明してくれた。

「あと、寮にするとなると、監督する人間も必要になるから、そうそうはできない」

「なんで？　アパートみたいに貸しだすだけじゃないのか？」

「どっちかっつうと、下宿だ。ほっとくとむちゃくちゃな生活するやつも多いし、生活管理と、礼儀作法も仕込む意味で監督下に置かれる。ひどい場合、箸の使いかたも知らないのがいるからな」

　寮には食事を作るまかないの女性も雇い、食事の礼儀作法から教えこんでいると聞かされて、千晶は驚いた。

「そこまで教育してんの？　それってふつう？」

「他店ではどうか知らないが、うちではそうだ。しつけがされてないやつってのは、誰からも教えられてないからそうなる。ホストってのは客商売だ。マナーが悪くて相手を不機嫌にさせる場合もあるし、それじゃ困る」

　ホストクラブでは羽目をはずしたシャンパンコールや、イロコイ、枕と呼ばれる恋愛もどき、セックス絡みの営業が有名で、一般的には『男遊び』を求めた女性の場所と見なされている。そういう一面もあるが、接待の場に使われることも多いのだと将嗣は言った。

「銀座のホステスは、よく吉原の花魁にも喩えられるだろ。美人なのは当然だが、教養と話術があって立ち居振る舞いも完璧じゃないと、経営者クラスの人間の接待はつとまらない」

　男のたしなみとしてクラブに通うような壮年の男性は、ちゃらついた女では満足しない。また酒の席は仕事の情報交換や、密談の場に使われることもある。

「それなりの地位の男相手するのに、若さだけが売りのギャルじゃ、どうにもならねえよ。ホストもそれと同じだ」

「でも、ホストクラブには女性客しか――」

「最近はだいぶ少なくなったが、それこそ『社長さん』が行きつけの店の女ひきつれて、逆接待することもある。その場合は連れてきた社長が主賓だ。こっちもそれなりに接客する必要がある。うちだと、最近は秀穂《ひでほ》がその担当になることも多いが」

千晶も顔くらい知っているが、眉目秀麗な秀穂はアルバイトでありながら『バタフライ・キス』のナンバー3であるビショップの称号持ちで、なおかつ現役有名国立大の法学部にいる。年内には司法試験にもチャレンジするという優秀さを買われ、その場で就職の打診を受けることもあるそうだ。

「光聖《こうせい》や勇気もうまくやるぜ。あんなんでも、毎日三紙は新聞読んでる」

「へえ……ぜんぜん、知らなかった。みんな、色男だからかと思ってた」

ただ色気でたぶらかすだけでは、ナンバーズはつとまらないということだろう。それはともなおさず、将嗣自身がそうだったということだ。

「うちの店では枕は禁止だ。……まあ光聖あたり、聞いてるかどうか怪しいけどな。昔の俺といっしょだ」

言葉にしなくとも、表情でなにかを察したのだろう。当てこするようにつけくわえられ、千晶は思わず目を伏せる。

将嗣は、その頬に手を伸ばしてきた。ぴくりと小さく震えると、唇の端を親指がかする。なにかが剝がれる感触があったけれど、食べかすでもついていたのだろう。

「教育するったって、ただ適当に、女抱いて稼げりゃいいってやつもいる。大抵は、身を持ち崩して、堕ちるとこまで堕ちるけどな」

指はそのまま離れることはなく、千晶の唇をゆっくりと撫でた。弾力をたしかめるように軽く押し、やわらかな肉をたわめながら、端から端へと移動しては、反対に戻る。

「夜の街にいるやつは、それなりに事情がある人間も、やっぱり多い。そういう連中は寂しいから、群れたがる。指導する方向を間違えさえしなけりゃ、案外従順だったりもする」

寂しいという言葉が将嗣には似合わなくて、笑ってしまいそうになった。なのに千晶の喉からは笑い声ではなく、細いかすれた声しか出ない。

「王将も、寂しいのか？」

問いには、沈黙だけが答えた。それでも、いまのいままで交わされていた言葉の残滓が空気中に残っているかのようで、奇妙に雄弁な沈黙だった。

千晶の唇の表面を撫でていた指が、それを軽くめくって粘膜の際に触れる。ぞくりとして反射的に唇を開くと、指を食ませたまま、将嗣が口づけてきた。

（すげえ、いっぱいしゃべった）

数日間続く監禁で、奇妙なことに、十二年つきあってきたなかでいちばん長く話した。

王将の内面にあるなにかに触れ、彼がどうしてあそこまで店を大きくしようとするのかを知り、千晶はだんだんわけがわからなくなってきた。

「ん、む」

口づけは徐々に深くなり、背後にあったベッドへと押し倒される。裸の肩をさすり、腕を伝って両脇に差しこまれた大きな手。親指の端は、千晶の乳首に簡単に触れる。

小さな突起を転がされながら、舌を舐めあった。求められ、抗わずに広い背中へ腕をまわすと、きつく吸った舌を将嗣が離す。

あまいキスにとろけたまま、千晶は苦笑してつぶやいた。

「おまえも俺も、元気だよな」

「なんだ、いきなり」

「三十すぎて、毎晩セックスするとは予想外だった」

それも終わりにすると決めたあとから。ここ数年互いに多忙を極め、求められるのは月に一度かそこらで、激しく求められるのは大抵千晶が別れを切りだしたとき、という悪循環にはまっていたのに、いまさらの状態がおかしくてしかたない。

服を脱いだ将嗣が覆いかぶさってくる。目を伏せた千晶の苦笑いに、彼もまた皮肉な笑みで応えた。

「正直、俺がホストとして大成したのは、コレのせいもあんだろうな」

「なんだそれ、自慢かよ」

くくっと笑って将嗣が見おろしたのは、彼自身のペニスだ。顔を歪めた千晶に対し、彼はおかしそうにかぶりを振った。

「AV男優で有名な男にも何人かいるらしいが、体質なんだよ。すぐに勃起するし、長く保つ。コントロール可能だから、それで自分が切羽詰まることもない」

「……やっぱり自慢か？」

あきれかえった千晶がうろんな顔になる。だがやはり悪びれることなく、将嗣はうなずいた。

「身体能力を才能っていうなら、コレもそのひとつかもな。おかげでいろいろ使えた」

ホストとして現役だった当時、それからしばらくも、パイプを切らないために女たちと寝たことを、王将は悪びれなかった。

「身体ひとつしかなかったからな。使えるもんなら使うしかないだろ。それが俺だった」

おまえがいやでも聞けない、という言葉はあのころ何度も聞かされた。開き直りもはなはだしいと、不愉快になった記憶はいまも鮮明だ。

だが、かつてといまとでは、覚える感情がまるで違う。

「わかってるよ。それが、おまえの仕事だったってことも」

「わかってねえよ」

力なくつぶやくと、苦々しい声で否定された。千晶は息をついて、よみがえった当時のつらさをどうにか散らす。

——誰にも取られない、自分のものが欲しい。

あのひとことを、もっと昔に聞けていれば、いまとは違う関係もあったのかもしれない。そう思って、すぐに千晶はその仮定を否定した。

(あのころの俺に、わかるわけはなかったな)

幼くて、無知で、ただ流されていただけだった。春重の事情も中途半端に聞きかじっていたくせに、そこから彼の苦労を推察することはできなかった。

「本当に、わかってる。……いまは」

たくさんのことを見落としてきた。かたくなに目をつぶっているところも多かっただろう。結果、将嗣がこんな暴挙に出たのも、たぶん——いくらか、千晶の責任であるところも大きいはずだ。

それでも、傷つけられた痛みは鮮明で、すべてに対して寛容にはなりきれない。

「ただ、知りたくなかっただけだ。ちゃんとごまかしてくれれば、それだけでよかったんだ」

「ばればれなのに、ごまかしてなんの意味があるんだ」

不思議そうに将嗣は眉をひそめる。感覚の違いにもはや笑ってしまいながら、千晶はいまさらのことを言った。

「すくなくとも、嘘をついてごまかす程度には、俺にうしろめたさを感じてくれるってことだろう。それに、ある意味じゃ傷つけないように考えてくれたってことでもある」

思いやりが欲しかったんだと告げると、将嗣は考えてもみなかったというように、目をしばたたかせた。そして、しばらく沈黙したあとに、ぽつりとつぶやく。

「おまえは嘘つかれるほうが、いやなんじゃないのか？」

「なんで？　俺、そんなこと言った？」

不思議になって問いかけると、彼は「言ってはないが」と困ったような顔をしていた。めずらしいその表情は、この数日で何度見ただろう。

「ただ、千晶はまじめだから、そういうのはいやなのかと思ってた。じっさい、あのころはなにも言わなかっただろう」

「ていうかね、ああまで開き直って堂々とされたら絶句するしかないだろ」

なにか根本的にずれていたのだと気づかされ、脱力した気分になった。

情けなさとか、わかりあえないのだなというあきらめは、いまだに強い。だがそれでも、以前のようにこちらの気持ちを無視されたのだという哀しさよりは、ましな気がする。

千晶は息をついて、身体に覆い被さっている男を見あげ、精悍な頬に両手で触れた。

「俺は、本当は、将嗣とセックスしたくなかった」

「なんでだ。好きだろうが、これ」

「いい、ことは認める。けど、だからいやなんだ」

意味がわからないように、将嗣はじっと千晶を眺めおろした。同じようにまっすぐ見つめ返し、千晶は穏やかですらある口調で言った。

「ただのともだちなら、おまえがどんな乱れた性生活送ってようと、アホだな、ですませられた。本当のところ、すこし悔しかったりはしたけど、それでも関係ないと思えば、いつかは割り切れたんだ」

自嘲気味に告げると、将嗣が不愉快そうに顔をしかめた。苦い笑いを浮かべ、なるべくその表情を見ないように目を逸らした千晶は言葉を続ける。

「でも、寝ちゃっただろ。ものすごくいいのを知っちゃっただろう。そうすると、俺はものすごくしんどくなった」

「なんでだ」

「セックスなんてけっきょく、数時間で終わることなんだ。二十四時間のうち、ほんの数時間、将嗣は俺にものすごくいいものをくれる。でも、残りの二十時間、俺は腹を立てたり、軽蔑したり、傷ついたりし続ける」

比重の問題だと、単純に言いきれる話ではない。千晶自身、自分の言葉が内心を本当に表しているのか、自信がなかった。

「でも、俺は、将嗣が……王将じゃなくて、将嗣のことが、ほんとに好きだったんだ」

長いこと自分自身、見ないふりでいた心を差しだした。どうしてか、笑っているのに、哀しくないのに涙が出た。頬を撫でていた指が捕らえられ、手のひらに将嗣が唇を押しつける。そのあと、千晶のわななく唇に口づけた。

胸が震える、という言葉の意味をはじめて知った。

返される言葉はなく、それもしかたないと千晶は目を閉じ、ぬるく絡む舌を味わった。

いままで十二年、拒絶以外の言葉を、彼に向けた覚えはない。千晶としては本当に、心臓を皿に載せて渡したような気分でいたけれど、彼が同じ気持ちであるとはとうてい思えないし、受けとるかどうかも将嗣次第だ。

「あしたは、こられない。大阪に出張がある」

口づけの合間に、将嗣がそうささやいた。「ふうん」と気のない返事をしながら、なぜか寂しいと感じている自分がいた。

「食事だけ置いていく。……逃げるな」

わかった、とうなずきながら、いよいよだ、と千晶は思った。

この部屋から出るときには、すべてが終わる予感がした。そしてその日はもう、じきだ。

逃げて、別れると言い続けたくせに、それをいまだに望んでもいるのに、どうしようもなく、泣けた。

——人間関係ってのはセックスだけじゃねえだろ。相手を信頼したり、尊敬したり、安心できたり。そういうのが俺は欲しいんだよ。

ただを捏ねたと決めつけられたが、あれは千晶の本心だった。信頼が、尊敬が、安心が欲しかった。

(でも、本当は、ぜんぶ——)

それらは、将嗣からもらえたら、どれほどいいだろうと渇望し続けたすべてだった。

そして、もはや存在しないものとあきらめてしまった、すべてだった。

＊　＊　＊

異変を感じたのは、将嗣がこられないと告げた日のことだった。

いつものごとく、ひとりで目を覚ました千晶は、異様な寒さに気がついた。身体中の関節が軋み、なぜだと首をかしげる。

(昨日は、そんなに激しくしてないのに)

むしろいままでを考えると、やさしいといっていいほどのセックスだった。穏やかに触れあって、無理もされなかった。

「泣いたせいか……?」

つぶやいて、とんでもなくかすれた自分の声にぎょっとする。喉に手を当て、手のひらも首も腫れぼったいことに、ようやく気づいた。

起きあがろうとすると、頭が割れるように痛かった。カーテンのない部屋に差しこむ日の光が、異常にまぶしく感じられる。

(やばい。ほんとに風邪ひいたのか)

何日も裸で放置され、セックスまみれの生活を送っていれば当然かもしれない。せめて暖房の温度をあげようと、よろよろしながら立ちあがり、壁面についているパネルへと近づいた。

(え……？)

通常、温度や設定が表示される液晶に『ERROR』の文字が点滅していた。見あげたエアコンに手をかざせば、まったく稼働していないのがわかる。

「このせい、か……っ」

服を与えない代わりに、将嗣はこの部屋のなかを暑いくらいの温度にしていた。おそらく昨晩、彼が帰ったあとに壊れて、一気に冷えたのだろう。

フローリングの床に触れる足下から、ぞわぞわと悪寒が走る。あわててベッドに戻ろうとした千晶は、不意に自分の膝が沈むのを感じた。

どん！　と派手に音を立てて転がる。強烈な痛みを感じたけれど、次第にそれも全身の痛さのおかげで麻痺してきた。

ぐにゃりと天井が歪み、耳鳴りがした。肌が痛いほどに火照っている。そのくせ汗は出ない。ふつうの風邪ではないかもしれないと、そのとき気づいた。よしんば風邪だったとしても、裸で暖房もない場所で、二日も放置されれば肺炎は必至だ。

「やべえな。死ぬかな」

神経質な笑いを漏らし、つぶやいた。けれど声にはもう、なっていなかったかもしれない。これで死ぬのも、悪くないかもしれないと思った。最後に将嗣のなかにあった謎のいくつかに触れて、やさしく抱かれて、好きだと言えた。答えをもらえはしなかったが、執着の証に監禁までしてくれた。

(くれたって、変だな。腹立てて、怖かったはずなのに)

本当に被虐体質なのかと、自分に笑えた。それでもやはり、千晶は嬉しかったのだ。なにより——ここで終わってしまえば、もう将嗣に傷つけられないですむ。

誰かを抱くあの男を見て、苦しまないですむのだ。

ほっとして、千晶は霞む目を凝らした。ペットカメラが作動し、レンズをじっとこちらに向けているのがわかる。

あの男は、いまこれを見ているだろうか。大阪に行くと言っていたから、忙しくて見ていないかもしれない。

視界は明滅を繰り返し、意識ももうろうとしてきた。黒いレンズがまるで、あの男の濡れたまなざしにも思えて、千晶は微笑んだ。

そっと、手首だけをあげて軽く振り、つぶやく。

「……ばいばい。あいしてた」

千晶の意識は、そこで、途切れた。

＊　＊　＊

ふたたび千晶が目を開けると、見慣れない光景と、見慣れない顔が同時に目に入った。

「あ、起きた？　よかった」

にっこりと微笑んで覗きこんできた彼が、ひさしぶりすぎて一瞬誰だかわからなかった。だが、彼がそのあと背後に向かって声を張りあげたおかげで、ようやく理解する。

「にいちゃーん！　千晶くん、起きたー！」

ドアの向こうから、わかった、とかなんとか聞こえた気がしたが、いまだぼんやりした五感では、水のなかの音のようにあいまいだった。

「すぐくるって。寝てていいよ」

「……いち、ろ？」

「そお。おひさしぶりです。元気……なわけないか。すこしは平気？」

「ひさ、しぶり」

ひび割れた唇と同様の声に、春重の弟である一路は「お水飲む?」と問いかけ、近くにあったペットボトルを手に取った。

「すこし、頭起こすね。飲めるだけ飲んで」

意外に力強い腕で身体を支えられ、ぬるい水をボトル半分ほど、貪るように飲み干す。途中、空気と絡んでひどく咳きこんだが、全身に行き渡る水分が嬉しかった。

「生き返った……」

ため息まじりのつぶやきに答えたのは、兄のほうだった。

「あ、それシャレになってないから。ほんとにヤバかったんだぞ」

顔をしかめた春重は、手には大きな花瓶を抱えている。窓際にそれを置き、一路の肩を叩いて退室をうながすと、弟は素直にうなずき「お大事に」と笑って部屋を出て行った。

スライド式のドアには違和感を覚えたが、豪華な内装に、どこかのマンションの一室かと千晶は戸惑った。

「ここは……?」

「病院。金にもの言わせて、最高級の個室借りきってやがりますよ、あいつが。んなことすんなら、原因も作るなって話だけど」

部屋のなかに高級そうなソファセットなどはあるものの、よく見れば造りはたしかに病室だ。

まだ状況把握ができないまま、千晶はすべてを知っているらしい男に問いかける。

「俺、どれくらい寝てましたか」

「んー、監禁部屋から拾ってきて、今日で三日かな。ちなみに会社のほうには、インフルエンザから肺炎起こしたって報告してある。ま、最初の五日間省けば、嘘じゃないけどね」

春重の言葉に、あの部屋にいたのはたったそれだけの日数だったのか、と思った。案外短かったな、とぼんやりしていた千晶に、春重は深く息を吸って、頭をさげる。

「悪かった。こんな状態になってるって気づかなかったのは、俺の落ち度だ」

「え、いや、先輩が謝ることじゃ」

「アレの様子がおかしいの知ってて、見逃した。まさか本気で監禁までするとは思ってなかったんだ。……それでも、あの変態野郎がペットカメラ仕込んでてよかった。あと一日遅かったら、手遅れだったかもしれない」

全身にのしかかる怠さと不快感に、それもそうかもしれない、と千晶は思った。まだ頭がはっきりしないし、うまく身体も動かせない。

「先輩が、助けてくれた、んですか」

千晶が細い声で問いかけると、春重はげっそりとした顔で状況を説明した。

「大阪にいったあいつから、千晶が死ぬって血相変えて電話があった。空き部屋になってたマンションにいってみりゃ、おまえがマッパでほんとに死にかけてて」

ため息をつき、見舞客用の椅子にどさりと腰かけた彼は、両手で顔を覆った。

「ペットカメラの映像転送されたときには、肝が冷えたよ。一生ぶん、あいつのこと罵って、とりあえず昨日はぶん殴っておいたけど」

「……昨日?」

「大阪から戻ってきたのが、昨日だったから」

千晶は、重たい目をしばたたかせた。それでは、そもそも将嗣は、数日間千晶を放置するつもりだったということだろうか。じっと春重を見つめると、彼がひどく苦々しい顔をしたので、予測は当たらずとも遠からずだと知れた。

「大阪出張、あいつから言い出したんだ」

「え?」

「一週間まえまでは、いかなくてもいいだろってかまえだったのに、突然。なにから逃げたんだか、わかりゃしねえけど」

ぼやけた頭で吐き捨てた春重の言葉をつなぎあわせると、大阪行きはあの日、千晶が好きだと告げた夜、唐突に決めたのだということがわかった。

「ぶっ壊れてるにしたって、今回は行きすぎだ。正直、しばらくおまえの近くにアレ寄せつけたくない。二度と俺のまえに顔出すなって言いたいところだが、仕事だけはできるから、そうもいかないし。だいたい、俺もそこまで暇じゃないし」

「だから、一路に看病を？」

「毒気にあたりまくったから、デトックス効果のあるのがいいかと思って」

「まあ、たしかに、癒されました」

茶化してみせるのは、そうでもしないと耐えられないからなのだろう。春重の唇は、彼らしくもなく強ばっているし、千晶もさすがにどう受けとめればいいのかわからない。

春重は凍りついた千晶を気遣わしそうに眺め、ため息をついた。

「いまは、どうしてます？」

「顔の腫れが引くまで、自宅謹慎させてる。おまえが会いたくないっていうなら、そうするようにできるけど？」

見たこともないほど険しい表情の春重に、千晶はしばし悩み、ゆっくりとかぶりを振った。

急に動くと、頭痛がひどい。

千晶の反応に、すこし驚いたように春重が問いかけた。

「まだ、許せるのか？」

「それは、わかりませんけど。せめてあの状態について、説明くらいしてもらわないと」

終わりはきちんと、幕引きしたい。このままなし崩しにするのは、あまりに後味が悪すぎる。

なにより――千晶を見捨てる気でいたくせに、殺されかけたようなものなのに、血相を変えて春重に助けを求めたという事実が、心の奥底のなにかを疼かせる。

それを最後の骨まで砕いて、すべて消すのは、あの男しかできない。

「わかった。でもとにかく、いまは安静にしてくれ。本気でやばかったから、話つけるのは退院許可が出てからだ」

「わかりました」

深々と息をついた春重は「それまで一路に面倒みさせるよ」と告げて、立ちあがった。千晶がひとりになりたいと察してくれたのだろう。

(逃げたのか。……好きだって、言ったからか)

けっきょくは、あの言葉を受け入れきれなかったということだろう。

ウイルスのおかげで全身が鈍っているのに、胸の痛みはべつらしい。鋭く軋んだ肺をこらえて、千晶は咳きこまないよう慎重に呼吸をした。

肺を突き刺すような苦しさに涙が滲んだけれど、それは睫毛の際で乾いていき、けっして頬にこぼれることはなかった。

＊　＊　＊

千晶の退院までは、それからさらに三日を要した。入院最後の診察では、あくまで自宅療養をするという前提で退院を許可しましたので——と、担当の医師にいろいろくどくどと念を押された。

「通院は完治するまで続けてください。それから、会社のほうもしばらく休まれるように。安静にして、栄養をとって。過度な運動なども禁止です」

最後につけくわえられたのは、おそらくあれこれと痕の残った身体を見られたせいだろう。じっさい、運びこまれたときの千晶は控えめに言っても無惨な状態だったわけで、念のため血液検査まで行われたそうだ。

お世話になりました、とお決まりの挨拶をして、退院手続きをすませた千晶は、タクシー乗り場へと向かった。

予定よりすこし早く出てきたが、一路が迎えにきてくれているはずだ。ひとりで戻れると言ったのだが、心配した彼に「兄ちゃんに怒られるし」と強く言われて拒めなかった。

退院後は、いったん、檜山家の世話になることになっている。春重が、あのばかのところに戻すのはだめだ、と断固として言ったからだ。

——体調が完全に戻ったら、けんかでもなんでもしていいけどね。いまの状態じゃ、襲われても抵抗できないだろ。

千晶は大丈夫だと言ったのだが、保護者意識の強い彼は譲らなかった。たしかに、まだすこし咳も出るし、身体もだるい。そして、置き去りにされた精神的なダメージも、ないとは言いきれなかった。

広い病院を出口に向かって歩きながら、つらつらと考える。

(苦しめ、ってそういう意味だったのかな)

これ以上ないほど苦しんだ。けれど背を向けて去っていく姿を見なかったせいか、どうにも現実感がない。なにより、あの将嗣が、春重に言われたからといって、おとなしく言うことを聞いているというのが腑に落ちなかった。

(もしかすると、もう会いたくないって言ってるのは、向こうかな)

春重が気を遣って、あんな言いかたをしたのだろうか。だったとしたら、やはり傷つくかもしれない。

もうすこしでロータリーにつく、というところで、着替えを詰めこんだバッグが急に重たく感じられて、千晶は足を止め、肩で息をした。すると、手に持っていた荷物がひょいと取りあげられる。

「おせえよ。行くぞ」

驚いて顔をあげると、この日くるはずのなかった男が、そこにいた。反応しきれず、きょとんとしたまま立ちつくしていると、将嗣は顔をしかめて歩きはじめてしまう。

「ちょ……ちょっと、なんで、一路は」

「オーナー命令で代わった」

撫でつけた髪、濃い香水のにおいに、着崩したスーツ。完全に仕事モードで現れたということは、突然思いついてここにきたのだろう。あるいは、春重の妨害を躱すためかもしれないが、そこまで将嗣がするとも思えない。

ロータリーに停まった車のまえで戸惑い立ちすくむ千晶に、将嗣は顎をしゃくって「乗れ」とうながした。

あの日千晶を連れ去ったのと同じ車で、今度は家に連れ帰られる皮肉に笑えたが、千晶はなにも言わずに助手席に乗りこんだ。

見慣れた道を走る車が、新宿のマンションに向かっているのはわかっている。

だが、ふたりの行くさきは、すこしも見えてこなかった。


ひさびさに帰宅すると、千晶は驚いたことにほっとしている自分を知った。豪華すぎてよそよそしい部屋だといつも思っていたが、慣れない部屋で五日間監禁、その後ほぼ同じ日数を、これまた豪華すぎる入院個室ですごしたあとだからかもしれない。

終始無言で車を走らせた将嗣は、部屋に戻ってもまだ黙りこくっていた。精悍な頬の翳りが濃く感じられ、すこし痩せたのだろうかと思う。

まじまじと見ると、頬骨のあたりには、だいぶ薄くなった擦過傷と、痣のようなものがある。重たい沈黙を破り、千晶はそれを指摘した。

「春重先輩に、殴られたって?」

「ああ。奥歯がイっちまうかと思った」

すんなりと認めた将嗣は、ジャケットをソファの背に放り投げ、疲れたようにどさりと腰を落とした。背をまるめ、組んだ指で額を押さえる姿は、いつになく力ない。

「コーヒーでも飲むか?」

あまり見たい姿ではない。傲慢な性格には憤慨することも多いけれど、弱った将嗣などは千晶にとって居心地が悪いだけだ。

「ああ、……いや、いらない」

「俺が飲みたいから、淹れるよ。入院中、インスタントばっかりだったから」

問いかけにも、ぼんやりした答えが返ってくる。見ていられなくて、居間から続いたカウンターキッチンに逃げこんだ千晶の背中から、将嗣の声が追ってきた。

「千晶」

奇妙に焦りながら、コーヒーメーカーにフィルターをセットし、粉の缶を開ける。なにかしていないと、とてもこの時間に耐えられそうにない。

「淹れたらすぐ行くから、待って——」

「もう逃げてもいい」

突然のそれには、なんの感情もこもっていなかった。はっとして振り返ると、さきほどと同じポーズのまま、将嗣はうつむいている。

きん、と耳鳴りがひどくなった。持っていた缶を落としそうになり、震える手で千晶はその蓋を閉め直した。

「も、いい、って、なに？」

「山梨でもどこでも行け。結婚してえなら、適当に女見つけて、しろ」

「……さんざん、逃げたら許さないって、脅しておいて？　監禁までして？」

「だから、もういい。終わりだ」

とっさに投げつけたのは、手にしていた缶だ。大ぶりのそれはかなりの重さで、将嗣がよけるまでもなく、彼の足下に落ち、フローリングに疵をつけた。

「ひとのこと殺しかけておいて、それですむと思ってんのかっ!?」

「死なななかっただろうが」

「そうじゃねえだろ、なんで、ひとこと、まともに、謝っ……！」

ひゅ、と喉が音を立て、千晶は激しく咳きこんだ。発作じみたそれに眩暈を起こし、膝から崩れ落ちそうになると、がっしりした腕に支えられる。

「怒鳴るな。まだ治りきってないんだろ」

「誰のせいっ……誰の、俺が、こんな……誰の……っ」

悔しくて情けなくて、哀しかった。目のまえの男の広い胸を、千晶は何度も拳で殴る。

触れてほしくない。同情などいらない。喉に絡まる咳に苦しみながら、次第にそれがヒステリックな喘いへと変化していく。

「ふざけんなよ、ひとのことばかにして……っ」

涙に曇った目をきつく閉じ、千晶は吐き捨てた。そうしながら、自分の言っていることもめちゃくちゃなのだとわかっていた。

最後通牒を突きつけ続け、こんなことになって、将嗣が疲れたのだろうことは予想できた。それでも、いざ手放すと言われたら、世界が粉々になってしまった。

わめく千晶に対して、将嗣はなにも言わなかった。ただ、崩れ落ちそうな身体を支え、殴られてもなじられても無言でいた。

けれど次の言葉に、彼の気配が代わった。

「けっきょくはオモチャか。おまえにとっちゃ、その程度の遊びかよ！」

闇雲に振りまわしていた腕を、ひねりあげるように摑まれた。痛いとすら口にできなかったのは、見おろしてくる将嗣の形相のせいだ。

「なんだ、それは。誰がオモチャだ。……誰が、遊んだ？」

ぎりぎりと締めつけられる痛みにも、見たことのないほど気色ばんだ将嗣にも気圧されながら、千晶は言い放った。

「も……もてあそんで、飽きたら捨てる。そういうものを、ほかにどう言えっていうんだ」

睨みあうふたりの間に、火花が散る。すこしでも気をゆるめたら一気に崩される、そんな緊張感を孕んだ空気のなか、千晶は微妙な違和感を覚えていた。

「たかがオモチャ相手に、犯罪じみた真似すんのか俺は。どういう人間だ？」

「俺が知るか、おまえのことなんか、まったくわかんねえよ！」

どうしてそこまで怒るのか、なぜそうも執着するのか。十二年もつきあってきて、やはり目のまえの男のことが、すこしもわからない。

「いくらでもほかに代わりはいるくせに。俺だってただ都合がよかっただけだろ。だから、面倒になったから、逃げてもいいとか言うん……っ」

言葉が途切れたのは、憤怒の形相で襟首を摑まれたからだ。暴力に訴えるならそうしてみろと睨み返す千晶の耳に、歯ぎしりをする低い声が聞こえた。

「俺が、いつ、おまえを都合よく扱った」

「……そんなもん、ずっとだよ」

とんでもない言いがかりをつけられたとばかりに表情を険しくした将嗣へ、千晶は叫んだ。

「ずっとだ！　学生時代にはパシリ扱いして、そのあといきなり強姦して、しかも、片っ端から女作って！」

溜めに溜めた鬱憤は、口にしてみると却ってばかばかしいような気がした。わめき散らす自分自身も情けなく、だからこそ怒りの止めどころがわからない。

「むかついたなら、なんで文句言わなかった」

「言っただろ、最初にちゃんと、いやだって！」

「言ってねえ。おまえが言ったのは、出ていきたい、自分は邪魔だ、汚い、大嫌い――それだけだ」

顔を歪めた将嗣は、十二年もまえのことを、まるで昨日のことかのように告げた。なじるような声で、苦しそうに。

「抱けばよがってしがみつくくせに、口にするのは終わり、別れたいの一点張り。あげくには結婚したいだ？　――ふざけんな！」

がん、と将嗣は壁を殴りつけた。ものに当たる彼など見たことがなかった千晶は、驚きに身をすくませる。

そして、いまさら気づいた。どれほど将嗣に怒らせられ、なし崩しのセックスに持ちこまれ、力押しで抵抗できないと言ったところで――そういう意味で暴力を振るわれたことは、一度もなかったのだ。

「いまさらおまえが、女相手にできるかよ。それともなにか、女にも抱いてもらうのか？」

あからさまな挑発と揶揄に、血管が切れそうになる。千晶は摑まれた腕を振りほどき、将嗣の身体を突き飛ばして逃げた。憎らしいことに、たたらを踏んだのはこちらのほうだった。

「めちゃくちゃ言うなよ、ひとのことなんだと思ってんだ……っ」

「俺のオンナだろ」

言い放った将嗣の顔に、唾を吐いてやりたい気分になった。

ことの起こりから、この男はそうだ。オンナ、という言いかたには、侮辱しか感じなかった。性別を無視されただけではなく、人権までも認めていない、そんな言葉だとしか思えなかった。

「オンナって、なんだ。俺は男で、おまえのおかげでゲイになったのに」

「嘘つくな。おまえはもとからソッチだろ。俺のこと、女が見るような、濡れた目でしか見たことなかっただろうが」

嗤い混じりに言われ、屈辱はさらにひどくなる。否定できないのは、自分の性的指向はそのとおりなのだとわかっていたからだ。

はじめて見たときから、彼が怖かった。同時に——強く、惹かれていた。

将嗣の強烈な引力のせいばかりにはできない。じっさい、彼の周囲にいて彼に憧れた男はたくさんいたけれど、花田などは千晶のように心を鷲掴みにされたりはしなかった。

「エロい目で誘ってくるから、いつ犯してやろうかって、ずっとそう思ってた」

言葉はいたぶるようなものなのに、なぜか将嗣は千晶の頬をそっと撫でた。怯えてすくむ首にも指を這わせ、いっそやさしいくらいに肌を愛撫する。

「だいたいおまえがいつ、俺の言いなりだった？　反抗してばっかのくせに」

「え……」

「ままならなくて、どうしようもなくて、すぐに俺から離れよう別れようってそればっかりで、まったくむかつく。おまえみたいな傲慢なやつ見たことねえよ」

吐き捨てるような言葉に呆然として、千晶は黙りこんだ。

「お、俺のどこがままならない――」

「ちょっと気を許すと離れようとする。どうせ捨てられると思いこんでるから、女連れてきても、浮気したって文句のひとつも言わない」

「言ってどうすんだよ。やめるのかよ。だいたい、それ……浮気だったのかよ」

自分が本命だという自信もないまま、いったいどうすればよかったのだ。むちゃくちゃな言いがかりに、千晶は声を震わせる。けれど、将嗣は「ほらな」とため息をついた。

「おまけに言い訳は万全だ。卑屈ぶって正論ばっか口にして」

この男らしからぬ、なにか疲れたようなそれに、千晶は動揺したが、すぐに睨みつけてくる目の強さに凍りつく。

「攻撃されるのは自分だと決めつけてるから、下からのふりで言いたい放題。それもいやなら切り捨てていいって身がまえてる。それのどこが傲慢じゃねえんだよ」

そんなふうに考えたことなど、一度もなかった。なのにどうしてか反論できなかった。

将嗣の見せた怒りに怯えたのではなく、うしろめたいような、そんな感情に身がすくんだ。

「しかもおまえが女絡みでキレたのは最初の一度っきりだ。抱かれたのも、怖くて逆らえな

かったとも言った。そのあとは完全に俺を閉め出した。名前も呼ばない、近寄ってこない、……笑わない」

そうしたのは将嗣だと、言えなかった。切り捨てたのはたしかに千晶のほうがさきで、何年も何年も、彼を捨て続けたのも事実だ。

「そばに置いたのは俺だ。手ぇ出したのも、いっしょに住めって言ったのも、別れるって言われるたび引き留めたのもぜんぶ俺だろうが。こんだけされてて、なんでわからない」

「なにを、わかれってんだ。まさか好きだとか言うつもりか」

将嗣は答えなかった。ただ千晶を抱きしめ、まるで逃がしたくないとでも言うように、背中を抱いてくる。ぐう、と喉に涙の圧力がかかって、声がひずむ。

「俺が好きだったたって言ったら、なにも言わなかったじゃないか」

「過去形だろうが」

「それがいやだったっていうのか。いまさら？　……冗談も休み休み言えよ」

「冗談でここまでするか」

噛みついてやりたいのに、あえぐような声しか出ない。病みあがりのせいと自分をだますにも限界があった。

どれだけ傷つけられても、けっきょく、この腕のなかは痺れるほどに心地いいのだ。

「おまえなんか、あのまま死ねばよかったんだ」

物騒なことを言うくせに、声はすこしも尖っていない。伝わる体温はあたたかく、めちゃくちゃな男だと思うのに、勝手に腕が広い背中を抱きしめてしまう。

「死ねって、勝手に殺すな。ただの風邪だ」

肺炎を起こしたけれど、もうすんだ話だ。笑い飛ばそうとした千晶をさらにきつく抱きしめ、将嗣は濁った声でつぶやく。

「そうすりゃもう、逃げられないだろうが」

身体を締めつけるような腕は強く、肺が圧迫されて息苦しいし痛かった。

なのにまるで、全身ですがっているような男の力が、千晶には寂しい。

(俺は、ずっと、いっしょにいてやれてなかった?)

寂しさを植えつけたのは自分だろうか。最短距離を目ざし、セックスもビジネス手段と割りきるほど、なりふりかまわずにいる彼を――背後にある孤独の影を理解もしきれず、そして口にしなければわからないと言い放つ男を相手に、黙りこんだのはただの逃げだ。

「……将嗣」

セックスの合間、強要されてのそれではなく、この男の本名を自分から呼びかけたのは、いったいどれくらいぶりだろう。『王将』と口にするのに慣れすぎて、妙な違和感を覚えながら、千晶は「将嗣」ともう一度、名を呼んだ。

「俺が、必要か?」

「ああ」

「いないと、いやなのか」

微笑んで、将嗣がうなずいた。抱きしめてくる腕の強さでわかっていたけれど、もうすこしだけはっきりと言葉がほしい。

「……俺を好きか？　愛してる？」

「そういう、意味のない言葉は口に出したくない。札束相手に、嘘でしか言ったことがない」

女たち相手に使い捨ててきた『台詞』など、口にするのもいやだと顔を歪めた。けれど千晶は「それでも言え」と言った。

「嘘でいい。意味がない言葉でいいんだ。たまにでいいから、くれれば」

ひとことの告白もないまま十二年も耐えたのだから、それだけで残り一生、離れないでいてやれるかもしれない。

「嘘でいいのか」

「いいよ」

「浮気すんなって言わねえのか」

「しないって言われても信じられないから、それはいい」

千晶の言葉のあと、将嗣はあの読めない笑みを浮かべた。そして、しないとは言わなかった。

（この野郎）

かつて、傷つけないでくれと頼んだときと同じだ。イエスは返ってこなかった。あのころの状況を思えば、『王将』がほかの女と寝ないわけにはいかなかったし、それを知った千晶が傷つかないはずがないことを、おそらくわかっていたからだ。

だから、傷つけないとは言わなかった。歪みきっているし、どう考えてもおかしいけれど、あれが彼なりの最低限の誠実さなのだろうと、いまなら苦しくても理解できる。

「浮気、ならいい。外でやりたきゃやってもいい。でも俺には絶対にわからなくしてくれ」

複雑で、ぎりぎりの言葉だ。たぶん、理解できない人間も多いだろうし、千晶自身がいまの状況を信じがたいと感じている。

「頼むから、お願いだから、きれいにぜんぶ、だましてくれ。見せつけて妬かせるような真似はしないでくれ。次にそうされたら、本当に俺は、消える」

逃げる、ではなく、別れるでもなく、消える、と千晶は告げた。意味は、たったいま死ねばよかったとささやいた男になら、通じるはずだ。

そして将嗣は、正しく理解してくれた。

「……わかった。約束は守る」

「よかった」

間をおいて返された言葉に、千晶はほっとした。彼が約束を守ると言えば、守る。このさき、みずからの疑心暗鬼さえ抑えこめば、平和でいられるはずだ。

「よかったって、それでいいのか」

「将嗣に関しては、これが精一杯だと思ってるよ、俺は」

そう告げると、さすがに苦笑いした男が「信用ねえな」とぼやいた。本当に情けない顔をするから、千晶は笑ってしまった。

「そうだな、できれば、……できればもうちょっと、恋人みたいに、やさしくしてくれたら、嬉しいけど」

涙顔の、歪んだ笑みだったけれど、それでも将嗣は、どこか嬉しそうに頰を撫でた。

浮気は、おそらくするだろう。そこにいるだけで群がってくる女を、いちいち振り払うよりは一度抱いて放り出したほうが楽だと、そう考える男だ。

誠実で一途で、ただ自分だけを愛して貞節を守る将嗣など、想像もできない。濃密な蠱惑の鱗粉をまき散らす、毒のような蝶でいい。

そんな男をたぶん、なかば憎みながら、愛している。

「嘘だと思うならそれでいい。おまえしか本気じゃねえし、男で抱きたいと思ったのも千晶だけだ」

「……そうか」

十二年目でようやく引き出せた言葉に、ほっと息がこぼれた。全身から力が抜けて、差しだされた長い腕のなかに、おそらくはじめて、素直におさまる。

「俺も、あんたが好きだよ、将嗣」

告白と同時に、あたたかい涙もほとりと落ちる。

額をあわせて、鼻をすりよせ、唇を吸いあった。すぐに舌が絡んで、背中をさする手がゆっくりと降りてくる。尻を摑み、腰をこすりつけてくる男に、千晶はあえいだ。

「先生が……過度な運動は、禁止って」

キスだけで息があがるほど、体力が落ちている。さすがに不安になり、広い胸を押し返したが、「ふうん」と生返事をした将嗣は、身体をいじる手を止めない。

「だから、む、無理……」

「無理させなきゃいいんだろ」

「ちがっ、あ……ばか、あっ、んん！」

言葉尻を勝手に奪って好きに解釈するな。抗議の声はキスに呑みこまれ、勝手な男は卑猥な動きで性感を煽る。だめだ、とあがく身体を強く抱きしめられ、耳を嚙まれた。

「千晶、好きだ」

「――……っ」

「愛してる」

ぞくぞくぞく、と爪先まで鳥肌が立った。同時に、まだいじられてもいない股間が痛いほど張りつめ、よろけた身体を抱きあげられる。

「ちょろいな、おまえ」

ゆるんだ心が、切りつけられたように痛んだ。

千晶は顔を真っ赤にして、男の肩を殴りつけ、噛みついた。空に浮いた足をばたつかせ、無言の抗議を繰り返すもかなわず、彼の寝室へと連れこまれる。

「ちょ、ちょろくて悪かったよ、どうせ、どうせ……っ」

「どうせ、なんだよ」

広いベッドに転がされ、涙を滲ませながら迫ってくる手を叩き落とす。

「頼むから、それでからかうのだけは、やめてくれ！」

悲痛な声に、さすがにやりすぎを悟ったらしい。一瞬面倒くさそうな顔をしたものの、将嗣は千晶を抱きしめ、頬に唇を押し当てた。

「からかってねえよ。ちょろくていいんだ、おまえは」

「意味、わかんねっ……」

押しのけようとした手首を摑まれ、ベッドに押しつけられる。きつく、深く、激しい口づけに罵声も文句も呑みこまれ、触れあった腰を卑猥に揺すられた。

小さく声を漏らすと、耳元で男が笑う。悔しくて情けなくて、けっきょくはこれかと思いながら睨みつけると、思いがけずやさしい目がこちらを見ていてどきりとした。

「俺に落ちとけ、千晶。死ぬほど、いいことしてやる」

「ん……」

黒く濡れた目に圧倒されて、こくりとうなずいていた。うつむいた顎をすくわれ、また深く唇が奪われる。

服を脱がされながら、息があがるたびに唇をほどいて呼吸を許してくれたけれど、こんなにもキスばかりしたことがいままであっただろうか。

「痩せたな」

お互い肌をさらすと、肋骨の浮いた胸を撫でて、将嗣はすこし顔をしかめた。のしかかっていた体勢を変え、千晶を膝のうえに引っぱりあげる。

「……なに？」

「いまのおまえじゃ、押しつぶす気がする。咳、しすぎると肋骨にヒビ入ることもあるんだろ」

千晶はその言葉に驚く。たしかに加療中、担当医から「できるだけ咳はこらえて」と告げられていた。痩せて筋肉も衰えている状態では、本当に咳で骨折することもあるらしい。

将嗣の発言に千晶は驚く。わざわざ、医師に話を聞きでもしない限り、そんなことを彼が知る由はない。

(俺のことを気にかけていた、とでもいうのか？)

けれどそれを暴くのも野暮な話だし、将嗣の行動としては意外すぎてよしんば肯定されても信じられないかもしれない。いや、じっさい、心の半分では信じていない。

「たまにはいいだろ、対面座位で。おまえの好きなように動けよ」

こんなふうに意地悪を言うから、信じられなくなるのだ。けれど、ひょっとして、もしかしたら——照れ隠し、なのだろうか。

(さすがに都合よく、解釈しすぎか)

いったんはそう考えたけれど、ふいに、都合よく解釈してなにが悪いのかと、開き直った。

いずれにしろ、素直に本音など言う男ではない。将嗣は基本はシニカルで、千晶に対してはことに、言動を悪く受けとるほうが容易なくらい悪辣に振る舞うし、発言もアイロニーにまみれている。

「千晶、どうしたい？」

からかうように笑いながら、細いのを通り越してやつれた身体を撫でられた。手つきは、どこまでもやさしい。肌をかするそれになだめられ、千晶はふっと強ばっていた力を抜いた。

信頼と、尊敬と、安心。千晶の欲しいものは、おそらく他人にもらうものではなく、自分の心にしっかりと、持つべきものだ。

裸になり、他人に身体を預け、いじらせている段階で、それはもう、存在しているのだろう。

(だったらもう、いい)

笑みを浮かべ、彼のうえで脚を開いてみせた。

「……舐めて。ぜんぶ」

強要されることなくねだったのは、はじめてだった。いままでもっと淫らな言葉も口にしたのに、ひどく恥ずかしく、全身が真っ赤に染まる。

「退院まえに、朝、シャワー使わせてもらって、ちゃんと、あ、洗って……あっ！」

言葉もなく吸いつかれたのは、過敏な胸のうえだ。右より左のほうが感じると知っていて、いきなりきつく舌を使われる。ん、ん、と喉にこもった声を発し、広い肩にしがみついていると、胸から腹へと舌を這わせた将嗣に腰を抱えられ、すこしだけ身体を離された。

「脚、立てて開いてろ」

M字開脚しとけ、と言い捨てて、にやりと笑った男は、焦らすことなく千晶のそこへと唇を落とし、ぬめる舌を押し当てて先端をくすぐった。びくりと身体が反り返り、思わず腿に力が入るけれど、挟まった将嗣の身体が脚を閉じさせない。

（あ、舐めるの……やさしい）

いつものように激しく追いあげてくるのではなく、全体を味わうように舐めしゃぶられる。

胸をあえがせ、くせの強い髪を撫で梳きながら、腰からとろけそうな愛撫に千晶は酔った。

「んん、んんん……っ」

「いいのか？」

「い、いい。きもちい、それっ、いい……っ」

信じられないくらい、あまったるい声が出る。爪先がまるまり、痙攣する身体は将嗣の頭を抱えるようにして彼のうえに折りまがる。整えてあった髪が、千晶の指で乱され、ときに強く引っぱられた。痛みを覚えただろうに、将嗣はなにも言わず、ただ千晶をあやすように舐める。

「あああ、あ、も……っ」

強ばり震えるのをなだめるように、長い指で揉みしだかれる根元から、なにかがこみあげてきた。射精の予感に全身を粟立たせ、千晶は短く息を切らす。

「あっいっ、いく、いくいく……えっ？」

あとすこし、というところで、将嗣の口が離れた。驚きに声をあげると、口元を拳で拭った男はふたたび千晶を正面から抱き寄せる。

「今日はいっぺんだけしか無理だろ。おまえの胸、ぜいぜいいってる」

「え、で、でも」

将嗣は自己申告のとおり、性欲が強い。千晶がばてているからといって、それにあわせて一度ではまるで満足できないのはわかっている。戸惑って見つめたさき、ジェルのボトルを手にした男は、眉をさげて笑った。

「……ほんとに死なすつもりはねえよ。今日は、おまえのなかに入れりゃ、それだけでいい」

「だって、それじゃ、……あっ」

胸をあわせて抱きしめられながら、背後にまわった手に温感タイプのぬめりを塗りつけられる。べっとりと濡らされた両手で薄い尻の肉を揉みながら、入り口がほぐれたところでチューブのさきを押しこまれた。

「んんんー……っ！」

流しこまれる粘性の液体。どうしても好きになれない瞬間を、将嗣の身体にしがみついて耐えていると、腰骨の裏をゆったりと撫でられ、ささやかれた。

「これ、好きじゃねえのは知ってるけど、我慢しろ」

「っあ……ん、うん」

気遣う言葉に、また涙ぐみそうになる。こくりと子どものようにうなずき、逞しい肩に顎を載せた千晶は、ざわめく胸をこらえて続きを待った。

左右から、指が入りこんでくる。押し広げ、かきまわし、襞をこすりながら揺り動かす。解放されないままの性器は将嗣のそれに添うようにして悶え、指が動くたびにお互いのさきから洩れた体液が音を立てた。

指の動きまでも、今日の将嗣はやさしい。けれど、だから、もどかしい。

「も……っ、もう」

「ん？」

「い、いれて……」

ひとこと言うだけでも必死になって羞恥を忘れなければできない。この穏やかであまったるい感覚は、どうにも背筋がむずむずして落ちつかないのに、ずっとこうして欲しいとも思う。

潤んだ目で、千晶は将嗣を見つめ、唇を求めた。この感じのまま、つながりたい。犯されるのではなく、抱いてほしい——言葉にならない願いは、口づけによって伝わったらしい。

「ん、ふ……っ、あっ、ああ！」

「……っ、ぎっちぎち、だな」

ゆるやかに腰を抱かれ、滑りこんできた熱に、千晶は将嗣の肩に爪を立てて身体を仰け反らせた。不安定な体勢にかすかに怯え、しがみつきながら突きあげられる。あ、あ、と小さく切れ切れのあえぎをもらし、彼の腰を挟んだ腿は震え、爪先がたまらずに反り返る。

自分の背後に手をまわした将嗣が、千晶の足首を摑み、組み合わせるように絡ませた。

「離れないように足、組んどけ。そう、……そうだ。そのまま、しがみつけ」

「んあ、あああ、あ！」

これ以上ないくらいに身体を密着させたまま、ベッドのスプリングを利用するようにして上下に動かされた。がくがくと首が頼りなく揺れ、意味不明の言葉を口走る。

「も、や……っん、とけ、る、溶ける……っ」

ずるずると互いの粘膜を滑らせるジェルは、接合部から溢れてシーツを汚した。腿や敏感な粘膜を伝う粘液、まるで身体が打ちこまれる楔の熱さに溶けてしまったように感じた。

「いいのか？」

「いい――……いっ、あ、いい、これ、これっ……」

「これ、な。してやるから、キスしろ、千晶」

「んう、んっん……んー！」

するから、なんでもするから、もっとして。言葉にならないまま、軽く顎を突き出した将嗣の口に吸いつき、差しだされた舌を舐めるように言われ、必死でしゃぶりつく。だが求める心と裏腹、病みあがりの身体はままならず、口づけの合間に幾度か咳きこみ、将嗣の顔を歪め、息を詰まらせた。

「っは……きっつ、ちぎれ、そ」

意図しないところで、彼を締めつけてしまったらしい。痛そうに呻く将嗣の頬を撫で、千晶はうわごとめいた謝罪を繰り返した。

「ごめっ……ごめん、ごめ」

「いい、もっと締めろ」

こくこくとうなずき、腹に力を入れるとまた咳が出た。ぐっと肩をいからせた将嗣は、苦笑しながら「限界だろ」と言った。

「そろそろ、いいな？」

「いや、まだ、もっと」

「アホぬかせ。……終わりだ、千晶」

その言葉に、びくっと全身が強ばった。過剰な反応に気づいたように、将嗣は小さく舌打ちし、「そっちじゃねえよ」と告げて歪む目元に唇を寄せる。

「いかせろ。さっきの咳のせいで、もう限界だ」

「コントロール、できるって……言った、くせに」

「よそでの話だ。おまえに関しちゃ、暴走しっぱなしなのはわかってんだろうが」

え、と千晶が目をしばたたかせたとたん、がつんと打ちこまれる。目のまえに火花が散り、眩暈を起こした千晶が将嗣にしがみつくと、容赦のないリズムで最後までを駆けあがらされた。

「あ、いや、いや、あっあっあっあっ」

「いけよ、ほら、千晶。もっと腰振って、いけっ」

全身が、糸の切れた操り人形のようにばらばらに動き、そのくせ腰だけは貪婪に、将嗣を呑みこんで味わっている。

「あ、あ、すき、将嗣すき、好き、……んう！」

ろれつのまわらない声で叫んでいると、顎を摑まれて強引に唇をふさがれた。ぐしゅぐしゅと小刻みにかきまわされる下肢の奥と同じ、激しく淫らな舌遣いに声を吸い取られたまま、千晶は達する。

「ふっ……ん、んん……っ」

びくびくと痙攣しながら舌を吸われていると、大きく腰を揺り動かした将嗣が、あとを追う

ようにして張りつめるのがわかった。絡んだ唾液に咳きこみ、唇を離しながら舌を噛んで、千晶は不明瞭な声で「……すき」とささやく。片目をすがめた将嗣は、眉をひそめたままにやっと笑い、喉奥でくぐもった声を発した。

「っこの……黙らせても、きかねえ、な……っ」

「んあん！」

最後のひと突きと同時に、尻を咎めるように叩かれた。反射的に窄まったそこへ、どくどくと震えながら流しこまれるものに、千晶は背中を反らして感じいる。肩が跳ねるほどの余韻に目を閉じ、爪を立てるほどにしがみついていると、長い息をついた将嗣がくっと笑った。

「はは。いまのはなか出しと、尻叩いたのと、どっちでいったんだよ」

かあっと頬が赤らみ、千晶はお返しに将嗣の背中を平手で思いきり叩いた。痛いと呻くどころか彼はますます笑いだし、怒鳴りつけようとした千晶は激しい咳の発作に見舞われる。

あわてて身体を離し、まるまって咳きこむ千晶の背中を撫でながら、将嗣はひどく機嫌がよさそうに口元を歪めていた。

「ひ、とが、苦しいのに、なに、笑ってっ……」

「おまえも笑えばいいだろうが」

「で、き、るかっ」

けんけん、と喉を痛ませながら涙目で睨みつけると、あおむけに寝かされ、火照った頬を両手に包まれる。

「……笑えよ」

穏やかで静かな声に、千晶の咳が止まった。薄い頬の肉を押しあげるように、大きな手のひらが力をこめる。

「笑え、千晶」

せがむというより、命令するかのようだった。それでも、叶えてやりたいと唇を震わせ、千晶はそっと口の端を持ちあげる。

「笑うよ、将嗣」

不器用な笑顔はきっと、すこしも魅力的ではないのだろうに、名を呼ばれ、笑みを向けられた男は、満足げに目を細めた。

＊　＊　＊

監禁から入院、その後の自宅療養を経て、千晶が全快するころには、株式会社オフィーリアの引っ越し作業はほぼ終了していた。

そして千晶は、足かけ二十日にわたる体調不良を理由に、移転先の会社には行かないことに決めた。かなりねばり強く慰留の説得をされたけれど、最終的にはこのひとことが功を奏した。

「一度お受けした話を覆して、申し訳ないのですが、健康上の不安がありまして……やはり、友人のいる街のほうが、安心ですし」

「そ、そうか……それなら、しょうがないね……」

同僚らにもかなり惜しまれたが、いかにも病みあがり、という千晶のやつれた姿に、課長もそれ以上は引き留められなかったらしい。

そして、将嗣との同居は、そのまま続行となった。

「たまに手が足りないときには出向するって契約で、業務委託に落ちつくことになった」

引っ越しを取り消したと告げると、将嗣は「あ、そう」のひとことだった。しかし、気のない顔をしたくせに、そのあと続けた言葉に千晶は目を剝いた。

「だったらWEB部門の会社作ってやるから、おまえそこで働け」

だからどうしてそう、ひと息に話がでかくなるのか。頭が痛いと呆れつつ、千晶は即時却下した。

「愛人に会社作ってやってどうすんだよ。おまえのやってることって、そういう話だ」

相変わらずのかわいげない物言いをすると、彼は不愉快そうに黙りこむ。だが、溜めこまずに言えと言ったのは彼のほうなのだから、今後はそうしてやると千晶は決めたのだ。

むろん、意地を張るばかりではなく、譲ることもすこしは覚えた。

「とりあえずは契約社員やりながら、おまえのところの仕事も請けるよ。本当に任せて大丈夫だと思ったら、そのときに話をしてくれ」

最近、ようやく自然に浮かぶようになった笑みを添えて告げると、将嗣はため息をついてそっけなく言った。

「そんなのは最初からわかってることだろう」

「え？」

「いくら『愛人』だからって、仕事のできないやつに任せるほど、ばかじゃねえよ」

あまりばかにしてくれるなとため息をつく将嗣の言葉に、千晶はまたぽかんとなり、そのあと一気に赤面した。

ずっと、彼に認めてほしいと思っていた。けれどいまの言葉は、もうとっくに、認められていたと受けとってもいいのだろうか。

おずおずと上目遣いに見つめた彼の顔は、穏やかに微笑んでいた。


報告とお詫びを兼ねて、春重をいつぞや、山梨への異動を打ち明けたのと同じ喫茶店に呼び出したのは、正式に業務委託としての契約が確定した日のことだ。

「……というわけなので、今後はＷＥＢ関連にももうすこし協力できると思います」

ひととおり、報告を聞き終えるまで黙っていた彼は微妙な顔をしてこう言った。

「なんか、オチ的にはわかりきってた感じで、俺的にはちょっと不服だなあ」

「オチって……俺はこうなるとは思ってませんでしたけど」

「柳島はそこがあまいんだよねえ」

端整な顔に苦笑をにじませた春重は、うまくもなければまずくもないコーヒーを啜った。

「あまい、ですか」

「うん。まあ、アレの執念並々ならないもんがあるから、予想はしてたけどさ」

なにが言いたいのかわからず、千晶が首をかしげていると、コーヒーカップをソーサーにおろした春重は「もういっか、ばらしても」と誰にともなくつぶやいた。

「あのね、あいつが最近、手ぇ拡げて飲み屋関係に力をいれてるのは、早いところ後継を育て、引退したいからなのね」

「え……引退?」

寝耳に水だと驚く千晶に向け、春重は「ほんとに知らないんだ」と苦笑した。

「秀穂あたり仕込んで、次の社長にする気らしいんだけどね」

才気走った秀穂は、将嗣のかなりのお気に入りなのだそうだが、その理由を聞いて千晶はますます驚いた。

「ホストとしてもすごいけど、経営者として仕込んだほうがいいだろって、近々バイト辞めさせるんだよね。もともと学費稼ぎが目的らしかったんで、だったら金は出すから、さっさと司法試験に合格して、資格取るように言ったらしい」

その間の学費や費用は将嗣が出すということで、秀穂は条件を飲んだのだそうだ。

「へえ……」

呆けたように相づちを打ちつつ、千晶は違和感を覚えていた。そこまで他人のために手を貸す将嗣など見たことがない。それともホストらの社員教育に力を入れているのと同義の話で、歳を取って、若人の育成になにかやりがいでも見いだしたのだろうか。

いや、それも唯我独尊なあの男の思考回路にはないはずだ。

「なんでまた、そんなことまで？」

「なんでって、そりゃ、あいつ本当は働くのそんなに好きじゃないし」

「はあ!?」

またもやの爆弾発言に、千晶は今度こそ目を剝いた。学生時代、留年してまでホスト業に精を出し、いまもまたやりすぎなくらい着々と仕事の手を広げている将嗣だ。てっきりワーカホリックなのかと思いこんでいたと千晶が言えば、春重はきっぱり否定した。

「早めの余生送って、ヨメさんとのんびりバカンス暮らししたいっていう、外国人みたいな夢持ってるわけよ」

外国人みたいな夢。なんだそれは、と千晶は呆れた。たしかに欧米あたりでは、いかにして早くリタイアするかに人生かけているようなところがあると聞いたことはあるが、将嗣はそんなふやけた男だったのだろうか。

意外すぎてぽかんとしていた千晶に、春重は「鈍いなあ」と苦笑した。

「わかんない？　最短距離で手にいれたかったわけよ、ラブライフ」

「はあ……？」

「で、ヨメ」

まっすぐに自分を指さされ、上目遣いになった千晶は思わずそれに倣い、おのれを指さした。

うんうん、と春重はうなずく。

「まあ、途中の方法と行動が間違いまくってるのは、わかってもいるみたいなんだけどさ。そこはおまけしてよ」

「おまけ……と言われても……」

意味不明なことを言われ、千晶はなんとなくノリだけでうなずいた。「まだわかってねえんだなあ」とまた不可解な笑みを浮かべて、春重が言う。

「……柳島はさ、あいつの理想なんだよね」

相変わらずの斜め四十五度に飛んでいく発言に、「どこがですか」と顔をしかめると、春重はおかしそうにくすくす笑っている。

「我慢強いとこ。あとじつは根性据わってるとこ。じゃなきゃ、あの『王将』相手に耐えきれるわけがない」

誰が耐性をつけたのだろうと遠い目になりつつ、否定はできないので、千晶は微妙な気分でうなずいた。たしかにあの傍若無人さに、ほかの人間は、さっさと音をあげるだろう。事実、千晶と平行して『浮気』した相手で、三ヶ月保った相手はいなかった。

「学生時代のやんちゃはまあ、おいといて。仕事になってからセックスで落とした相手ほどそうだね。刺激は強いけど、まともにつきあう相手じゃねえのはわかるんじゃない？　女のほうが鋭いし。好奇心満足させたあとは、ふつうにお客さんやってるひとも多かったみたいよ」

それも薄々感じてはいたことだが、春重に言われるとほっとした。

ビジネスとしてのセックスというものを、千晶も完全に呑みこめているわけではない。それでも、感情が絡んでいるというよりは、何倍もマシだ。

「あいつもね、むちゃくちゃしたのも、自分でわかってるんだよ。けど、それでも逃げないでくれただろ」

「いや、逃げようとして失敗したんですけど……」

千晶の言い訳がましい言葉を、春重は鼻で笑い飛ばした。

「あのね、いまさらだけど、『これから別れるので出ていきます』って宣言するのは、逃げるって言わないから」

指摘に、ぎくりとする。微妙な表情に気づいただろうに、春重はそのまま続けた。

「それこそあいつ忙しいんだし、めったに帰ってこないことも多いわけでしょ。一週間どころか一ヶ月いないのなんてザラ。で、いない間になんで夜逃げしなかったの。会社の山梨引っ越しだって、俺に口止めらしい口止めもしないし」

面倒くさいってのは言い訳にならんよ――と笑われて、複雑な表情になった。

言われてみれば、たしかにそのとおりだ。けっきょく千晶も、本気で行方をくらまそうとはしていなかったのだ。

「別れたいと思ったのは、本気だったんですよ。きちんと終わりにしたいとは思ってた」

けれど、逃げてうやむやにすることだけは、できなかった。なぜかそれだけはしてはいけない気がしたからだ。

「なんでですかね。理由は、わからないです。失踪したほうが早いのわかってたんですけど……ただ、そういう卑怯な真似はしたくなかったっていうか」

言いながら首をかしげた。自分でも、理由はあいまいすぎてわからない。もしかしたらただ、逃げたがっているのはポーズだったのかもしれないとすら、いまは思う。

だが春重は、なぜだかにっこりと笑った。

「うん、だからさ、ありがとね」

しみじみとした声を発した春重の顔は、ふだんの読み取れない明るさを含んだ表情ではなく、千晶にはわからない、深い笑みを浮かべていた。

「ありがとうって、なぜですか?」

「結果的には、柳島が、夜逃げしないでくれたこと。別れるのはいいけど、それだけはしてくれるな、って思ってたからさ」

もう一度春重はコーヒーをすすり、カップに視線を落としたまま、ぽつりと言った。

「……あいつの親、爺さんの家のまえに、赤ん坊の将嗣、放り投げて逃げてってるからさ」

「え……」

ぎょっとして目を瞠ると、春重は「これは俺が言ったってばらすなよ」と釘を刺した。

「だからまあ、身内の家に対してってだけで、ほぼ捨て子だったのね。いまだと、なんつうんだろ。ネグレクトとか、養育遺棄児童ってやつかなあ」

まったく知らなかった事実に千晶は絶句した。

それは、あの監禁生活のなかですら将嗣がけっして口にしなかったことだ。そして、なぜ彼が語ろうとしなかったのかも、いまはじめて理解した。

衝撃に目を瞠ったままの千晶を穏やかに見つめ、春重は淡々と言う。

「じつはけっこうなおうちなのよ、柴主さんち。名前に『主』ってつくあたりからして、地元でも由緒ある家柄でさ。ま、そこんちのお嬢さんが、わがまま放題したあげく、結婚しないで生んじゃったのがアレ」

「お、お母さんは？」

春重は無言でかぶりを振った。生死はともあれ、行方がわからないということだと理解し、千晶はなんども渇いた喉を嚥下させた。

「なんか、現実感ないです……」

ドラマかなにかでは、ありがちな悲劇と言われるだろう話だ。けれどそれが現実となると、どう受けとめればいいのか、よくわからなかった。困惑する千晶に、春重は「だろうな」とあっさりうなずく。

「まあ、『ねーよ』ってな感じだよね。でもホントの話。お金持ちで家柄重視、そういう家で、そういう子が生まれたら、どういう扱いされるか。なーんとなく察し、つくだろ？」

こくりと千晶はうなずいた。

「俺もあいつに直接聞いたわけじゃねえの。爺《じい》さんの家から出てった――つうか出ていかされたあと、俺のほうにご家族さまが探りいれてきて、聞きたくもない話、てんこもり吹きこんでっただけ」

苦々しい顔で、春重はそれ以上を語ろうとはしなかった。けれど聞かなくても充分、伝わるものがあった。細かい経緯はともあれ、彼は子どものころ、幸せじゃなかった、ということだ。

「トラウマとか生い立ちとかね、そんなのは、アレが壊れてる言い訳にならんけど。ただ、どっしょもなく刹那《せつな》的なとこがあるってのは、知っておいたほうがいいだろう？」

「知って、よかったんですか、ね」

すべてを知ってしまえば、重すぎて抱えきれないかもしれない。ぼんやりと不安になる千晶に、春重は「平気だよ、柳島は」と笑った。

「いままでどおりでいい。なんにも知らない顔で、そばにいてやればいいよ」

「むずかしいですよ、それ」

「じゃ、同情たっぷりにやさしくしてやんなよ。あいつはたぶん、柳島がそばにいさえすりゃ、それでいいと思うから」

言われて、それならばとうなずいた。しかし引っかかるのは、どうしてこのタイミングなのかということだ。

「でも、なんでいま？　もっとまえに話してくれても」

千晶が問いかけると、戻ってきたのは、すこし冷たい声だった。

「だって柳島、逃げるつもりだっただろ。なのに、そんな内情話したって意味がないだろ。他人に戻るつもりの人間に、同情の足かせつけるのって最悪だろ？」

言葉と裏腹、かすかに含まれた非難の響きは千晶に向けられ、やはり春重が彼の懐刀であることを知らしめた。「そうですね」と千晶が苦笑すると、春重はほんのすこし目を細めた。

「まじでね、困るの。おまえと揉めると、あいつほんっとに不安定になるから」

「……そうなんですか？」

「うん。たぶん柳島が予想してるより大変よ？」

このひとは、自分を安心させたいのか不安にさせたいのか、将嗣のそばにいさせたいのか逆なのか。いささか混乱しつつ、うろんな目で見やった春重は、にっこり笑っていた。

「俺ね、おまえらふたりとも気に入ってんの。仲良くしてくれればいい。とはいえ無理してくっついて疲れるのもやなのね。ま、プレイならほっとくけどさ」

不穏な発言をした彼は、さらに笑みを深めて辛辣に言い放つ。

「けど、いちいち取り持つのはもっとやだ。おまえら鬱陶しいもん。うちのいっくんくらいかわいけりゃ、面倒もみるけど」

「……ですよね」

入院中、背は高いのに子犬じみた印象のある一路の存在は、とても救いになった。彼は、日だまりのような明るさを天性で持っている。檜山兄弟にしても、けっして平坦な人生ではなかったと思うのに、一路は天真爛漫な資質を失っていない。

それは、春重が全力で守りとおした結果なのだろう。

「手がかかるのは弟ひとりで充分だから、早く自立してよね」

言いたい放題して、伝票を手に春重は立ちあがる。

「んじゃ、今後の仕事はよろしくってことで」

「わかりました。それじゃ」

喫茶店の出口で別れ、めいめいの進むほうへと足を向けた。

春重の指摘はごもっともだ。大人ふたりがいい歳して、他人を恋愛沙汰に巻きこんだ場合、彼の反応はかなり親身でやさしいほうだ。

言葉は適当だけれど、彼なりに案じてくれたのは知っている。

「……にしても、ヨメ」

微妙な言葉だ、と思いつつ、歩きだした千晶のポケットで、携帯がバイブレーションした。取りだして表示を見ると、将嗣からの連絡だった。

【春重と話が終わったら、連絡よこせ】

メールなどをもらうようになったのは、つい最近だ。おそろしく上から目線なのは文章でも変わらないらしい。呆れつつ、千晶は速攻で電話をかけた。

「さっき話は終わったよ。用事があるなら、自分で先輩に確認すりゃいいだろ」

通話がつながるなりまくし立てると、将嗣はいつものそっけない声を発した。

『俺は、おまえにメールしたんだろうが。春重なら、勝手に用事すませて帰ってくる』

「……じゃ、なんで、俺？」

聞こえよがしのため息にむっとしつつ、千晶が口を開こうとすると、苦笑混じりの声が耳からすべりこんでくる。

『できれば恋人みたいに、飯でも外で食わないかと、思ったんだが』

思いがけない提案に、言葉を失う。沈黙が流れ、電話の向こうで待つ、千晶に関してはおそろしく短気になる男の気配がいささか険しくなったのを悟った。

「た、食べる。でも、どこで」

『……とりあえず、店にこい』

言って、ぶつりと電話は切れた。しばし呆然となったまま、どうしようもなく震える唇を、フラップを開いたままの携帯電話で隠し、千晶はうつむいた。

こつこつ、と携帯の端で額をたたく。無意識にやった、落ちつきのない子どものような仕種に気づき、一瞬だけ軽く落ちこんだ。

(なんだ、これ)

——できれば恋人みたいに。

冗談めかしての願いを、まさか将嗣が受けとめているとは思わなかった。じわりと瞼が熱くなり、目を閉じる。

「ばかか。キャラ違うって。ていうか、いまさら……」

悪態をついて打ち消そうとして、けっきょくはできなかった。唇を噛み、むずむずとする表情をこらえた千晶は、すこし以前、春重に告げられた言葉を思いだしていた。

——生まれつきのホストみたいな男がさあ、ホストじゃない仕事を手がけようとしてる理由を、ちょっとだけ考えてみてくんない？

あのときは、まさかと切り捨てた。けれども、解釈は自由だと、この間開き直ったはずだ。

そして、いじけるまま使いっ走りと思いこんでいた千晶のことを、とっくに認めてくれていたと、先日知らされたばかりだ。

――そんなのは最初からわかってることだろう。

ああして言いきるにはいささか、わかりづらすぎる男であるけれど。言葉もなにもかも、足りなすぎると思うけれど。

あのひとことまなざしで、自分は変われると思えた。そして将嗣も、ほんのすこしは努力してくれているらしいと、彼からの電話やメールが増えたことからも知れた。

期待はしすぎないほうがいい。また苦しめられるかもしれない。そう思いながらもいま、居心地の悪い、気まずいような落ち着きのなさを、たぶんふたり同時に、味わっている。

くすぐったいようなその痛みが、胸の奥にいる蝶を、羽ばたかせている。

――笑え、千晶。

ほころばせた唇は、あの言葉で望まれたとおりの形をしているだろうか。

長く息をついて、千晶は新宿の、ごみごみとして雑多な街へと向かうべく、駅に向かって歩きだした。

END

# あとがき

こんにちは、崎谷です。この作品はバタフライシリーズ、コラボレーション企画ノベル版となります。単発でも問題ありませんが、よろしければコラボコミックス『ぼくらが微熱になる理由～バタフライ・キス～』もよろしくお願いいたします、とのっけでCMです。

もともとこのシリーズは、コミックス版・一路たちのネタを冬乃さんが話していたとき、いっしょになって「こんなキャラいたらいいんじゃね？」と乗っかって、あれこれ膨らませたあげくにできた代物でした。なかでも王将＝将嗣については、新宿の帝王と呼ばれる一連の有名どころのイメージをミックスしまくって作りあげたトンデモキャラだったのですが、いざ書いてみたら本当にトンデモでした……。

正直、出会いからずっとプレイですねこのひとたち。焦らしに放置に露出にと、いかんなく頑張るドS攻めに対し、Mとしか言いようのない受け。ていうか王将ぶっちゃけひどすぎて、いままで悪役にしかやらせんかったような真似をさせまくってみました。

ふだん、めったに傲慢攻めとか書かないんですけど、たまに書いたらこれか……と自分でもいろいろ遠い目です。というか私が書くと傲慢とかそういう問題じゃなく、ただのコワレか宇宙人になるんだなあ、とつくづく感じます。そしてやっぱり執着攻めなのね。しょうがないですね、そういうのが好きだから。

あと今回の自分的コンセプトは、『とにかくエロ』です。過去にはエロ系でがっつり書いていた自分ですが、いまの自分で書いてみたらどうなるだろう？　とチャレンジしてみました。

このところ新作書き下ろしについては意外にかわいらしい話が多くなっていて（とはいえ過去作文庫化などあるので、刊行としてはその限りじゃないんですが……）、しっとり、じっくりと進む恋の話も楽しいけど、たまには打ち上げ花火のエロスもどう？　と……思い立ったはいいのですが、やりすぎた感も否めません……個人的に、ごっつ、楽しかったのですが。

まあ、大人ふたりの苦甘官能系になったのは、コミックス第一弾の『ぼくら～』で、一路と久世があまりに進展の遅い、のほほんなふたりだった反動もあるかもしれません。

それにしても極端ですね、この二作。〇九年秋現在、雑誌ダリアでも秀穂と光聖の話である『微熱の果実～バタフライ・スカイ～』が連載中ですが、ちょうどアレが間取ってる感じかもしれません。あちらはツンデレS×ツンデレの年下攻めガチバトルなふたりです。じつは私のシリーズ中いちばんのお気に入りは秀穂なのですが、楽しく原案書かせてもらっております。

ともあれこのシリーズは、マンガ原作との連動をやるということで、友人でもあり、何度かコンビを組んだ経験もある冬乃さんと綿密に話しあってストーリーを練りあげております。

担当さんもフリーダムにやらせてくださって、すごく楽しいのですが、そのぶん毎回ご迷惑をおかけしまくっております、すみません……。

冬乃さんとのコンビでは、ダリア文庫『恋花は微熱に濡れる』『勘弁してくれ』などがありますが、『勘弁してくれ』はドラマCDにもしていただきました。ミニドラマCDの配信などもあるので、ちょっとこちらでダリアさんのCDの宣伝など……。

◆『不埒なモンタージュ』……キャスト：真野未直＝武内 健／三田村明義＝三宅 健太／真野直隆＝杉田智和／新生＝鈴木達央・ほか（敬称略順不同）。

配信限定ドラマ『好きにさせないで』各種ケータイサイトにて配信中。

◆『勘弁してくれ』……キャスト：高橋慎一：近藤 隆＝高橋義崇／鈴木達央＝羽賀亮介／羽賀亮介＝成田剣・他（敬称略順不同）。

配信限定ドラマ『どうにかしてくれ』各種ケータイサイトにて配信中。

いずれもすごくいい出来なので、興味のある方は是非聴いてみてくださいませ。

さて紙面も残り少なくなってまいりました。前述とかぶりますが、冬乃さん、担当さん、いろいろなお力添えをありがとうございます。今後も三つどもえでコラボ企画頑張りたいです。それとチェック協力、Rさん SZKさん坂井さん、本気で助かった。死ぬほど愛してる（迷惑）。落ち着いたらゆっくりお礼伸べます！

最後に、ここまで読んでくださった方、お手に取っていただきありがとうございました。

コラボのみならず、ほか新作でも、どこかでまたお目にかかれましたら、幸いです。

数少ない甘々シーンが大好きなのですが、この後の王将の仕打ちと
諸悪の根元を考えると、千晶が不憫でなりません。
あ、でもいいのか。どMだから(笑)
壮大なプレイなんですもんね！春重さんも言ってた！
(そこまでは言ってない……)
でも、王将も不憫だしどっともどっちか……(笑)
この二人には己のリビドーを全力で注ぎました。
楽しかったです〜。漫画の方もよろしくお願いします！　冬乃郁也ダリア文庫をお買い上げいただきましてありがとうございます。
この本を読んでのご意見・ご感想・ファンレターをお待ちしております。

〈あて先〉
〒173-8561　東京都板橋区弥生町78-3
(株)フロンティアワークス　ダリア編集部
感想係、または「崎谷はるひ先生」「冬乃郁也先生」係

❋初出一覧❋
くちびるに蝶の骨 ～バタフライ・ルージュ～……………………書き下ろし

**くちびるに蝶の骨 ～バタフライ・ルージュ～**

2009年10月20日　第一刷発行
2011年　2月20日　第四刷発行

著者　崎谷はるひ



発行者　藤井春彦

発行所　株式会社フロンティアワークス
〒173-8561　東京都板橋区弥生町78-3
営業　TEL 03-3972-0346　FAX 03-3972-0344
編集　TEL 03-3972-1445

印刷所　図書印刷株式会社

郵便はがき

STAMP
HERE
50 YEN

173-8561

東京都板橋区弥生町 78-3
(株)フロンティアワークス
Daria《ダリア》編集部行
DB ダリア文庫愛読者係

| | |
|---|---|
| 〒□□□-□□□□ Tel.(　　)　　− 住所 | |
| 名前《ふりがな》 | P.N.《ペンネーム》 |
| 年齢 a.12歳以下 b.13～15歳 c.16～18歳 d.19～22歳 e.23～29歳 f.30代 g.40代 h.その他 | ○をつけてください 男・女 |
| 職業 学年 a.学生（学年：　　） b.社会人 c.主婦 d.その他 | 購入方法 書店・通販・オンライン その他（　　） |
| この本のタイトル | |
| 注意 ★ご記入頂きました項目は、プレゼント発送および今後の出版企画の参考のため使用させて頂きます。その目的以外での使用は致しません。これに同意し、アンケートにご協力頂いた方から抽選で図書カードを差し上げます。なお、発表は発送をもってかえさせて頂きます。 | ○をつけてください 同意する・しない |

# ダリア文庫　愛読者アンケート

**★この本を何で知りましたか？**

A. 雑誌広告を見て（誌名　　　　　　　　　　　　　　　　　　　　　）
B. 書店で見て　　　　C. 友人に聞いて
D. HPで見て（サイト名　　　　　　　　　　　　　　　　　　　　　）
E. その他（　　　　　　　　　　　　　　　　　　　　　　　　　　　）

**★この本を買った理由は何ですか？（複数回答OK）**

A. 小説家のファンだから　　B. イラストレーターのファンだから
C. 好きなシリーズだから　　D. 表紙に惹かれて
E. あらすじを読んで
F. その他（　　　　　　　　　　　　　　　　　　　　　　　　　　　）

**★カバーデザインについて、どう感じましたか？**

A. 良い　B. 普通　C. 悪い　（ご意見　　　　　　　　　　　　　　　）

**★今！あなたのイチオシの作家さんは？**

小説家　　　　　　　　　　●どういう傾向の作品を書いてほしいですか？

イラストレーター　　　　　●どういう傾向の作品を描いてほしいですか？

**★好きなジャンルはどれですか？（複数回答OK）**

A. 学園　B. サラリーマン　C. 血縁関係　D. 年下攻め　E. 誘い受け　F. 年の差
G. 鬼畜系　H. 切ない系　I. 職業もの（職業：　　　　　　　　　　　）
J. その他（　　　　　　　　　　　　　　　　　　　　　　　　　　　）

**★Dariaで利用したことのあるデジタルコンテンツは？（複数回答OK）**

A. HP　B. PCメルマガ　C. 携帯メルマガ
利用したことのない方は、その理由を教えて下さい
（　　　　　　　　　　　　　　　　　　　　　　　　　　　　　　　　）

**★この本のご感想・編集部に対するご意見をご記入下さい。**（感想等は雑誌に掲載させて頂く場合がございます）

A. 面白かった　B. 普通　C. 期待した内容ではなかった

ご協力ありがとうございました。